KB077766

직지

아모르 마네트
Amor Manet

2

직지
아모르 마네트
Amor Manet

2

김진명 장편소설

쌤앤파커스

차례

퍼즐의 마지막 조각

전 교수, 잘 있나? 어제 솔라이아 1987 빈티지 한 병 해치웠네. 흐흐, 늙으니 그저 와인이 최고야. 성모 마리아께는 좀 죄송한 말이지만.

그런데 자네도 이젠 늙었나 봐. 노트북 잃어버리고 메일 주소를 못 찾는다니. 자네 메일 주소는 latiner3434 아닌가. 그리고 추기경이 콘클라베를 포기한 이유가 카레나 때문인 것은 확실해 보여. 그녀로부터 코리의 군주가 백성을 위해 글자를 만든다는 얘기를 듣고 너무도 큰 충격을 받았거든. 당대 최고의 지성이었던 추기경이 교황의 지위는 물론 평생 신봉하던 스콜라 철학조차 버리고 말았으니.

참, 카레나의 유품을 하나 찾았네. 요한 22세 성하의 문장이 새겨진 은십자가 목걸이인데, 고르드 수녀원에서 성녀

로 선종했다는 기록과 함께 남아 있더군. 그리고 무슨 일
인지 모르겠네만, 엘트빌레 수도원도 자네와 경쟁이라도
하듯 카레나에 관한 기록을 좇고 있네.

끝으로 자네에게 알려둘 게 있네. 나는 오늘을 마지막으로
바티칸 수장고를 떠난다네. 메일도 대화도 없는 깊은 산속
의 어느 수도원으로 들어갈 것 같아. 잘 지내게 친구.

놀라운 답장이었다. 그토록 좇았던 카레나는 교황청 수장
고에서 나온 이름이었다. 기연은 메일에서 눈을 떼지 못하다
얼른 휴대폰에서 콘클라베를 찾아보았다. '열쇠로 잠그다'라
는 뜻을 지닌 라틴어로, 교황을 선출하는 추기경들의 비밀투
표를 뜻하는 말이었다.

'추기경이 카레나 때문에 콘클라베를 포기했다고? 그런데
왜 이름을 안 써놨지? 누군지 알 수가 없잖아. 아, 이름 한 자
라도 써놓지.'

안 교수 또한 몇 번이나 편지를 읽고는 기연의 얼굴을 쳐
다보았다.

"누구지, 이 사람이?"

기연은 그제야 정신을 차리고 급히 메일의 도메인을 확인
했다.

-libero.it

휴대폰에서 이것이 이탈리아의 꽤 큰 포털 사이트인 걸 확인한 기연은 가슴을 쳤다. 전 교수의 부인은 남편이 평생 같은 주소와 패스워드만 쓴다고 했으니 이메일 서비스를 제공하는 전 세계의 포털을 다 검색했으면 찾을 수 있었을 터였다. 미처 그런 생각을 하지 못했던 자신을 책망하며 기연은 안 교수를 밀치듯 컴퓨터 앞에 앉았다.

기연은 급히 인터넷 주소창에 'libero'를 치고는 사이트를 열었다. 메일 주소창에 'latiner3434@libero.it'를 입력한 뒤 패스워드 'latiner4343'의 마지막 한 숫자 3을 남겨둔 기연의 표정에는 환희와 흥분, 그리고 승리감이 뒤얽혀 있었다.

드디어 해낸 것이다. 처음 전 교수의 여행안내서에서 카레나라는 이름을 발견한 이후 지금에 이르기까지 숱한 사색과 고뇌와 추적을 거쳐 드디어 찾아낸 전 교수의 이메일 주소. 여기에는 그가 왜 죽임을 당해야 했는지, 그를 죽음으로 이끈 교황청 수장고의 비밀은 무엇인지, 카레나는 누구인지 등 그동안의 모든 노력을 보상해줄 황금 같은 정보가 잠자고 있을 터였다.

안 교수도 긴장한 얼굴로 마지막 숫자 3을 누르는 기연의 손가락 끝에 시선을 집중했다. 1400년대의 인물이라는 카레나를 설명하는 이 이해할 수 없는 교황청 수장고 관리신부의 편지는 그들을 무서운 속도로 수수께끼의 역사 속 한 페이지로 끌어들이고 있었다.

"아앗!"

"엇!"

엔터 키를 탁 누름과 동시에 모니터에 떠오른 안내문에 두 사람의 입에서 비명이 터져 나왔다.

─이 주소는 더 이상 존재하지 않습니다.

두 사람은 어리둥절한 얼굴로 마주 보았다. 이게 가능한 일인가.

"피셔 일당이 포털에도 손을 썼어요. 전 교수님이 이메일 계정을 폐쇄했을 리는 없고, 살해 후에 계정을 폐쇄함으로써 다 파묻어버린 거예요."

"나쁜 놈들!"

한참이나 허탈감에 맥을 놓고 있던 기연은 갑자기 손을 뻗어 마우스를 움켜쥐었다.

"어쩌면?"

"어쩌면 뭐?"

급히 마우스를 움직여 메일에서 나간 기연은 검색창을 띄우고는 검색창에 'carena'를 입력했다. 조금 전 안 교수를 기다릴 때 다음을 비롯한 포털 사이트에 카레나를 입력하며 기대했던 연관검색어나 검색어 저장 기능이 작동할지 모른다는 기대감에서였다.

"오!"

실낱같은 희망이지만 전 교수가 연관어 자동검색 기능을 켜두고 있었기만을 바라며 입력한 'carena'가 불러온 건 기적이었다. 아무런 기대도 없이 곁에서 기연이 하는 양을 바라보던 안 교수의 입술 사이로 탄성이 새어 나왔고 기연의 신음이 그 뒤를 이었다.

"아아!"

기연은 온몸에 힘이 빠진 듯 의자에 주저앉으려다 흠칫 놀라 얼른 몸을 일으켰다. 천신만고 끝에 떠올린 단어를 혹여 망가뜨리기라도 해선 안 될 것이었다. 모니터를 뚫어지게 바라보는 기연의 강렬한 시선 사이로 두 개의 단어가 살아 꿈틀대고 있었다.

─Carena

-Kusanus

　기연은 급히 휴대폰을 열어 쿠자누스라는 이름을 검색했다.

　니콜라우스 쿠자누스. 1401년에 태어나 1464년에 사망한 독일의 신학자이자 철학자. 이슬람 등 다른 종교에도 해박했고 종교가 인간에게 눈을 돌려야 한다는 주장으로 근대 휴머니즘 철학의 문을 연 사람이었다. 과학과 천문학에도 조예가 깊었고, 추기경으로서 콘클라베에도 참여했다는 기록이 있었다.

　이제까지의 추리와 인데르노 신부의 메일을 종합해보면 카레나는 조선 세종 때 유럽으로 건너간 여성이었다. 그녀는 금속활자를 유럽에 가져갔고, 쿠자누스와 사적으로 관련이 있으며, 세종대왕이 백성을 위해 글자를 만들었다는 사실을 쿠자누스에게 전해주었다.

　기연이 가장 놀란 건 당대 최고의 지성이라는 쿠자누스가 세종대왕이 백성을 위해 글자를 만들었다는 것에 큰 충격을 받았다는 사실이었다. 심지어 그가 교황의 자리를 포기하고 자신의 철학마저 내던졌다는 인데르노 신부의 얘기는 너무도 낯설었다.

'그까짓 일에!'

기연은 처음에 황당하다 생각했으나 쿠자누스라는 인물을 깊이 알아갈수록 조금씩 고개를 끄덕이게 되었다. 당대 최고의 지식인이자 철학자로서 그는 권력의 야만성과 피지배층의 고통에 고뇌하면서도 속수무책으로 권력을 따라가기만 하는 자신의 무력함과 비겁함에 고심했을 터였다. 그런 중에 백성을 위해 글자를 만든다는 세종대왕의 파격은 그에게 정신적 개벽으로 다가갔을 수 있다는 생각이 들었다.

이 세상의 어떤 현군도 한 적이 없었던 일이란 사실은 차치하고, 글자란 수백 수천 년에 걸쳐 자연 발생하는 줄로만 알았던 그로서는 세종대왕을 알고 난 뒤 존재론적 충격에 휩싸였을 법한 일이었다.

기연은 세종대왕의 한글 창제가 애민사상이라는 전통의 미덕을 넘어 전 인류의 정신사에 남긴 위대함에 차츰 눈을 뜨며 카레나와 쿠자누스에게 빠져들었다.

기연은 해고를 각오하고 한 달간 회사에 휴직원을 냈다. 전 교수의 계정이 범죄에 이용되어 폐쇄했다는 이탈리아 포털 사이트 측의 답신도, 인데르노 신부가 외부와 단절된 수도원에 들어가기로 했다는 소식도, 전 교수 살해에 가담한 사실이 거의 드러난 피셔 교수의 내막도, 심지어 그 모든 것의 출발점인 전 교수의 살해사건조차도 기연의 관심사가 아니었다.

기연은 자신에게 허용된 모든 시간을 카레나와 쿠자누스 두 이름을 추적하는 데 바치면서 이들이 펼친 1400년대의 알려지지 않은 이야기를 그대로 복원하는 데 전력을 다했다. 기연은 이 일을 알리기 위해 기사를 쓰려 하지도 않았고, 누구에게 설명하려 들지도 않았다. 아직까지 찾지 못한 퍼즐 조각이 몇 개 더 있었다. 그 조각들을 찾아 이야기를 완성하기 전에는 그것을 가볍게 세상에 내놓을 생각이 없었다.

카레나와 쿠자누스의 알려지지 않은 이야기는 직지의 역사적 진실과 더불어 기연의 가슴에 강한 울림으로 다가왔다. 기연은 자신이 그 시절의 카레나였으면 어떻게 했을 것인가 곱씹으며 1400년대로 돌아가 상상의 날개를 펼치기 시작했다.

정체를 숨기는 선비

"주모, 계신가?"

주막에서 좀체 들을 수 없는 점잖고 기품 있는 목소리에 주모는 종종걸음으로 달려 나와 손님의 소매를 잡아끌었다.

"에그, 목소리도 사람을 착 끌어당기는데 인물은 아주 타고나셨네. 세상에 어쩜 이렇게나 멋진 분이 다 기신다냐. 몸집도 퉁퉁해 힘 좀 쓰시겠는데, 쇤네 오늘 밤 댁네 같은 분 한번 모셔봤으면 원도 한도 없겠수다."

"하하, 아직 점심때도 안 됐는데 무슨 밤 타령인가. 흰소리 말고 막걸리나 한 사발 내오게."

"이르다 말입니까. 한 사발 아니라 백 사발이라도 내와야주. 댁네 같은 분께 못 해드릴 게 뭐 있겠슈. 당장 저 안에 들어가 치마끈도 끌러드릴 수 있슈. 방아타령도 좋고 손 재미만 보셔도 좋아유."

　말과 함께 주모가 잽싸게 두 손가락으로 엉덩이를 꽉 꼬집자 선비는 뿌리치며 허허롭게 웃었다.

　"참 명랑한 주모로다."

　주모는 매끈하고 새하얀 얼굴의 퉁퉁한 선비가 도포 자락을 펄럭이며 마루청에 자리를 잡자 얼른 부엌으로 달려가 술독에 바가지를 넣어 한 사발 퍼서는 침을 두 번 퉤퉤 뱉은 다음 손가락으로 휘휘 저어 선비에게로 내왔다.

　"쉰네 계곡 사이 흐르는 샘물처럼 맑은 막걸리여유. 한 잔 쭉 드슈."

　선비는 목이 말랐던지 한 모금 들이켜고는 손등으로 입가를 닦았다.

　"술이 참 잘 익었소."

　"에그, 깔끔하기도 하셔라. 근데 어디 술만 잘 익었겠슈. 쉰네도 참 지대루 익었주."

　선비는 여유롭게 주모를 상대하고는 건너편의 널찍한 평상을 가리켰다.

　"하하, 모처럼 재미있었소. 그런데 저기 평상에서 낮잠 좀 자도 되겠소? 여기서 사람을 만나기로 했는데 내가 너무 일찍 왔소."

"아, 주무셔야지. 근데 베개가 없는데 쉰네 무릎이라도 베고 주무실라우?"

"그 좋지."

선비가 신발을 끌고 가 평상에 몸을 눕히자 주모는 얼른 머리 밑에 허벅지를 괴었으나 주막으로 다가오는 왁자지껄한 소리에 황급히 몸을 일으켰다.

두 팔을 휘저으며 당당하게 걸음을 옮기는 키 작은 사내와 벙거지를 쓰고 창칼을 든 채 뒤를 따르는 대여섯 명의 아전을 본 주모가 잽싸게 달려 나가 머리를 조아렸다. 이어 그 뒤를 따라 들어오는 세 사내가 있었으나 주모의 눈길은 오로지 아전을 거느리고 온 키 작은 사내에게만 머물렀다.

"이방 어른, 어서 드시유."

"얼른 막걸리 한 독 저 시원한 평상으로 내어라. 근데 저게 뭐냐? 평상에 웬 놈이 자빠져 자고 있지 않으냐?"

"지나가는 과객인데 먼 길 걸어 잠시 피로가 왔나 봐유."

"저놈 어서 내쫓고 술상을 저리 차려라. 아니다, 주모는 빨리 술상을 보고 네놈이 가서 쫓아버려라."

이방으로부터 지목을 받은 아전 하나가 다가와 배를 툭 건드리자 선비는 천천히 몸을 일으켰다.

"행색은 양반 같은데 대낮부터 퍼질러 자면 되겠소? 어서 비키시오."

"알았네. 평상은 비우겠네만 예서 사람을 만나기로 했으니 자네들은 거기 마루라도 비켜주게."

"저 밖에 나가서 기다리면 될 거 아니오. 이방 어른이 내쫓 으라 했으니 얼른 나가 눈에 보이지 말란 말이오."

"알았네."

별 저항 없이 순순히 일어난 선비가 허리춤에 찬 주머니를 꺼내 셈을 치르는 걸 보고 있던 이방이 게슴츠레 뜬 눈을 두 어 번 찔끔거리더니 돌연 소리쳤다.

"이봐라, 기왕 셈 치르는 거 여기 것도 내고 가거라."

선비는 눈을 들어 낄낄거리는 무리를 천천히 둘러보고는 말없이 셈을 치른 뒤 걸음을 밖으로 향했다.

"이봐라, 그 가진 거 좀 내놓고 가거라. 너는 퉁퉁하다만 우리는 빼빼하니 고기라도 좀 먹어야 할 것 같구나."

이방 패거리의 뒤를 따라 들어온 세 사내는 마루 끝에 걸 터앉은 채 눈앞에 벌어지는 광경을 말없이 바라보고 있었고, 주모는 마음에 들었던 선비가 곤경을 당할까 봐 안절부절못 했다. 선비가 아무 반응도 보이지 않자 아전 하나가 잔뜩 불 량한 걸음걸이로 선비에게 걸어갔다.

"이보시오. 이방 어른 말씀하시는 게 안 들리오!"

잔뜩 힘이 들어간 아전의 목소리를 어디선가 들려온 나직한 염불 소리가 덮었다.

"나무아미타불!"

소리가 들려온 곳에는 한 승려가 이 광경을 쭉 보고 있었던지 매서운 눈으로 이방을 노려보고 있었다. 이방은 잠시 움찔했지만 산전수전 다 겪은 데다 마을에서 무서울 게 하나도 없는지라 목소리를 높여 냅다 소리쳤다.

"뭐 하는 땡중이냐!"

"이방이면 과객을 보호해야 할 분인데 이게 뭐 하는 수작이십니까? 주모는 얼른 셈을 돌려드리지 않고 무얼 하느냐!"

승려의 호통에 이방이 아전들을 향해 고함을 질렀다.

"이봐라, 저 땡중을 잡아서 이리 끌고 오너라!"

이때 선비가 팔을 휘저으며 나섰다.

"아니, 그러지 마시오. 그냥 내가 술 한잔 산 걸로 합시다. 저 대사님 눈빛으로 보아 한양에 아는 분께나 있을 것 같으니 무슨 일이라도 생기면 후환이 따르겠소. 자, 스님은 나와 함께 갑시다. 여기 있으면 시비밖에 더 되겠소."

선비는 수완 좋게 자리를 마무리하고 주모에게 눈인사까지 남긴 뒤 승려의 팔을 잡아끌며 주막을 나섰다.

주막에서 얼마간 멀어지자 승려가 걸음을 멈추고는 고개

를 깊이 숙였다.

"전하, 어찌 이렇게나 일찍 오셨나이까? 제가 한참 먼저 온다고 왔습니다만 너무나 황송하고 죄스럽사옵니다."

"오늘은 온천욕을 하기가 싫었소. 초정 물이 좋긴 하지만 이따 밤에 하는 게 낫겠다 싶어 슬슬 걷다 보니 일찍 도착했구려."

"그나저나 이런 봉변을 당하셔서 마음이 무겁사옵니다."

"봉변은 무슨! 호위무사들이 있는데 뭐가 걱정이겠소. 어서 길을 갑시다."

"가마를 부르시는 게 어떠하신지요?"

"오늘은 걷고 싶소. 그런데 주자하는 이는 믿을 만하오?"

"집안이 고려 때부터 대대로 주자소 관직을 해 누구보다도 일을 잘 아는 사람입니다."

"대사의 뜻을 잘 새기고 있소?"

"그러하옵니다. 저의 뜻이기 이전에 전하의 뜻이옵니다."

탐관오리의 횡포 앞에서도 철저히 신분을 숨긴 두 사람은 세종과 신미였다. 때는 1441년, 세종과 신미가 천하의 누구도 모르는 사이 아주 새로운 글자를 거의 완성해가고 있을 무렵이었다.

"전하, 바로 이곳이옵니다."

신미가 산허리를 돌아 세종을 안내한 곳은 산 중턱의 한 암자였다. 산의 경사면을 깎아낸 편평한 터에 대웅전과 승방 그리고 요사채가 꽤 정연하게 자리 잡고 있었다. 땀에 절어 헉헉거리며 가쁜 숨을 몰아쉬던 세종은 눈앞에 나타난 불상을 보자 얼른 양손을 모았다.

"아미타불. 집현전 학사들이 불례를 만류한다 들었사옵니다."

"이 나라 조선은 성리학을 통치 이념으로 삼고 있으니 학사들이 그리하는 건 당연하오. 하지만 백성들 중에는 불교를 숭상하는 이가 많으니 임금으로서 부처님께 예를 올리는 것 또한 당연한 일이 아니겠소."

"전하의 마음은 그야말로 광대무변하여 어떤 경계도 없사옵니다. 그러하니 소승에게 새 글자를 만드는 소임을 이렇게 맡겨주셨겠지요. 자, 여기 승방으로 드시지요."

이상한 승방이었다. 겉에서 보는 것과 달리 실내는 커다란 작업장이었다. 벽도 칸막이도 없는 그곳에는 쇳조각과 땔감용 나무, 모래 그리고 용광로 같은 갖가지 도구가 갖춰져 있었다.

"오오! 누가 여기 주자간이 있을 거라고 생각하겠는가. 대사께서 애를 참 많이 쓰셨구려."

세종이 작업장 안으로 걸음을 옮기자 몸동작이 날랜 두 사람이 따라붙었지만 왕은 눈짓으로 이들을 물렸다.

"누구요?"

용광로 뒤에서 끓는 쇳물을 퍼 올려 틀 안에 들이붓고 있던 한 중년의 주자사가 낯선 사람의 예고 없는 등장에 날카로운 경계심을 품고 동작을 멈추었다.

"납니다."

"아, 대사님."

쇳물바가지를 든 주자사는 신미를 보고 약간 누그러졌지만 낯선 선비에게서는 여전히 의심의 눈길을 거두지 않았다.

"염려할 것 없는 분입니다. 하던 일 계속하시지요."

신미의 말에 주자사는 선비에게 가벼이 고개를 숙인 다음 수북이 쌓인 모래더미 안의 구멍에 쇳물을 붓고는 널찍한 돌로 모래를 열심히 눌러대기 시작했다. 잠시 후 모래를 퍼내자 마치 나뭇가지에 매달린 열매처럼 쇠로 만들어진 똑같은 글자들이 쇳물기둥 끝에 달려 있었다.

"오오, 글자의 모양이 참으로 편안하다. 이것은 초^草 풀이로구나."

주자사는 놀라는 표정을 지으며 신미에게 눈길을 보냈다.

보통은 '풀 초'라 할 것을 이 선비는 '초 풀'이라 했다. 그렇다면 이 선비는 누구도 알아서는 안 될 이 새로운 글자를 알고 있다는 뜻 아닌가.

"대사, 이 사람의 기술이 특별하오. 동작에 군더더기가 없고 날렵하여 연륜이 저절로 느껴지는구려."

"대대로 주자를 해온 집안이기도 하지만 본인도 주자소에서 가장 뛰어나다는 평을 듣던 사람입니다. 백성을 위한 글자를 만든다는 얘기에 모든 걸 다 내던지고 식솔과 이 산중으로 들어왔습니다."

"참으로 고마운 사람이오. 이 글자가 완성되면 내 각별히 은혜를 기억할 것이오."

신미는 깊이 고개를 숙였다. 그는 왕의 바람을 누구보다 잘 알고 있었다. 새로운 글자는 누구나 한나절이면 익힐 수 있고, 보름이면 능숙하게 쓸 수 있도록 쉽고도 쉽게 만들어지고 있었다. 왕은 글자가 완성되면 바로 금속활자를 이용해 대대적으로 인쇄에 돌입하여 온 세상에 책이 넘쳐나게 하겠다는 야망을 가지고 있었다.

"그런데 참 신묘하오. 이 글자가 주는 느낌이 아주 편안하지 않소?"

"참으로 그러하옵니다."

"갑인자(세종 16년 갑인년에 만든 동활자)의 바름이 천하제일이라지만, 이 글자에는 갑인자를 능가하는 정연함에 더해 특별한 편안함이 있소. 글자를 어쩌면 이렇게 만들어낼 수 있는 것이오? 이 글자체는 그대가 만들었소?"

앞에 있는 사람이 상감일 거라고는 꿈에도 생각지 못한 주자사가 답을 못하고 머뭇거리자 신미가 입을 열었다.

"이 모든 일을 주관하시는 분이오. 이 나라의 상감이십니다."

소스라치게 놀란 주자사가 당장 바닥에 엎드리려는 걸 만류한 세종은 호기심 가득한 얼굴로 그의 말을 기다렸다.

"소인은 양승락이라 하옵고, 이 글자체는 제 여식이 만들었사옵니다."

"오? 딸이?"

"그러하옵니다."

"천하의 재주를 가진 딸을 두었구려. 그 이름이 무엇이오?"

"은수라 하옵니다."

"은수라……, 여자의 이름을 그렇게 지을 수도 있구려. 그런데 어쩌면 이렇게 편한 자체를 만들 수 있을까. 다른 글자들도 보고 싶소."

양승락이 궤짝 안에서 갖가지 글자를 꺼내 늘어놓자 세종은 경탄을 금치 못했다.

"한결같구나, 한결같아. 참으로 편안하고 온순하다. 그러면서도 기개가 스며 있어. 하, 이건 하늘이 내린 재주로다."

"그 아이를 한번 보시겠사옵니까?"

신미가 권하자 세종은 크게 고개를 끄덕였다.

"천하의 영재를 안 볼 수 있겠는가!"

승방을 위장한 주자간 옆 건물 역시 요사채를 위장한 양승락의 집이었다. 양승락이 딸과 단둘이 사는 요사채 안은 가재가 정갈하게 정돈되어 있어, 부녀가 비록 산중에 살지언정 범절을 반듯하게 지켜온 집안임을 느낄 수 있었다.

"허, 이 많은 책을!"

왕은 놀랐다. 주자사이니 글자를 많이 알 거라 생각은 했지만 집 안을 가득 채우고 있는 서책들은 예상을 뛰어넘는 것이었다. 고관대작의 집에서도 볼 수 없을 만큼 서책이 차고 넘쳤다.

"조상 대대로 주자소 일을 하다 보니 책이 쌓이고 쌓였사옵니다."

"어떻게 집현전 서가에도 없는 책들을 이렇게 많이 가지고 있소?"

"조상님들이 책을 찍어 대도大都에 가져가실 때마다 몇 권씩 얻어 오곤 하셨습니다."

부엌에서 차린 조촐한 주안상을 들고 와 상감 앞에 놓는 은수의 몸가짐은 한 군데도 흐트러짐 없이 단정했다.

"소녀 은수, 인사 올리옵니다."

가만히 술상을 놓고 절을 올리는 은수의 군더더기 하나 없는 동작을 지켜보던 세종의 입에서 절로 탄식이 새어 나왔다.

"단아하고 청아하구나. 올해 나이가 몇이나 되느냐?"

"열일곱이옵니다."

"뭣 하느냐? 어서 상감마마께 술 한잔 올리지 않고."

양승락의 얕은 나무람에 은수가 술 주전자를 잡으려 하자 세종이 손을 내저었다.

"나중에 너의 낭군에게 첫 잔을 따라주거라. 잔은 부친께 받으마."

세종이 잔을 양승락에게 내밀자 은수는 가만한 동작으로 부친에게 주전자를 건네고는 물러나 앉았다. 세종은 가볍게 한 모금 마신 뒤 은수에게 말했다.

"네가 만든 자체를 보았다. 글자가 참 편안했는데 그렇게 만들어야겠다는 마음이 있었던 것이냐?"

"그러하옵니다."

"예쁜 글자도 있고 웅장한 글자도 있을진데 어떻게 그런 편안한 서체를 만들었느냐?"

"한자가 어려워 글을 읽을 수 없는 백성들을 위하여 새로운 문자를 만드신다 들었습니다. 그리하면 수많은 반대가 있을 터인데 글자가 예쁘기만 하면 멸시를 받을 것이고, 글자가 웅장하면 배척을 받을 것입니다. 그리하여 편안함을 기본으로 하되 전하의 정신을 담아 당당하게 만들었습니다."

"허, 너의 총명함이 가히 하늘에 닿는구나. 그리하면 너는 새 글자를 다 익혔느냐?"

"현재 만들어진 것까지는 다 알고 있사옵니다."

"어렵더냐?"

"세상에 그보다 쉬운 일도 없을 지경이었나이다."

"못 담을 소리가 있더냐?"

"새소리는 물론이고 물소리, 벌레 소리, 바람 소리까지 못 담는 소리가 없으니 이는 신묘하기 그지없는 일이옵니다."

"새 글자가 모든 한자를 대신할 수 있겠더냐?"

"물론이옵니다. 오히려 한자로 나타낼 수 없는 것도 새 글자로는 가능할 듯하옵니다. 마음이 시리다 못해 아리다를 한

자로 어떻게 표현할 수 있겠사옵니까."

"하하, 그러하다. 너는 누구보다 새 글자를 깊이 이해하고 있구나. 오히려 나보다도 말이다."

"더군다나 인쇄를 할 때에는 한자와 하늘땅만큼 차이가 있사옵니다. 이제 주자소에서 수십만 자를 만들 필요도 없이 불과 수십 개의 글자 조각만 있으면 못 만들 글자가 없으니 먼 훗날 이 나라에 천지개벽이 일어날 것이옵니다."

"어째서 먼 훗날이라 그러느냐? 당장이 아니고."

"지금 저희는 숨어서 글자를 주조하고 있사옵니다. 전하께옵서도 대소신료들의 눈을 피해 신미대사님께 일을 맡기신 형편이온데, 새 글이 나왔다 해서 이런 형편이 바로 해소되지는 않을 것이옵니다."

"음, 그러할 수도 있겠구나."

왕은 은수의 지혜로움에 은근히 놀랐다.

"네가 새 글을 그리 깊이 깨우치고 있다니 나와 경연을 한번 해봄이 어떻겠느냐?"

"경연이라 하시면 무얼 말씀하시는지요?"

"너와 내가 동시에 글을 쓰는 것이다. 신미대사가 읊으면 내가 한자로 쓰고 네가 새 글로 써서 빠름에 얼마나 차이가 있는지 한번 겨루어보자는 것이다."

"분부를 따르겠사옵니다."

자리가 마련되자 왕과 은수는 같은 상의 이편저편에 앉아 붓을 들고 신미대사의 입술에 시선을 모았다.

"첫 글자는 돌 석石, 석 돌입니다."

소리와 동시에 두 사람의 붓이 움직였다. 예리한 눈으로 두 사람의 동작을 지켜보던 신미대사가 왼손을 들었다. 왕의 승리라는 뜻이었다.

"다음은 바다 해海, 해 바다입니다."

이번에는 신미대사의 오른손이 올라갔다. 은수의 승리였다.

"세 번째는 대웅전大雄殿입니다."

왕은 지지 않으려는 듯 번개같이 써내려갔으나 마지막 한 획을 마쳤을 때 은수 앞에는 대웅전이라 쓴 종이가 이미 다섯 장이나 쌓여 있었다. 역시 오른손이 올라갔고 신미대사는 다음 글자를 불렀다.

"울울창창鬱鬱蒼蒼!"

짐짓 울상이 된 채 부지런히 붓을 놀리던 왕은 마지막 획을 긋고 고개를 들어 은수 앞에 놓인 종이를 세어보다 크게 웃음을 터뜨렸다.

"하하하하!"

은수도 입을 가리긴 했으나 새어 나오는 소리까지 가릴 수는 없었다.

"호호호!"

"무려 열 장이나 썼구나. 그것도 필시 네가 나의 사정을 봐준 것일 터. 낱글자 한둘에도 이렇게 차이가 나니 긴 문장을 쓰면 얼마나 차이가 나겠느냐? 정녕 즐겁구나. 나는 훗날 좋은 글자를 만든 왕으로만 기억되면 여한이 없겠다. 참, 나만 기억되면 대사께서 섭섭할 터인즉 같이 이름을 올려야지요."

"아니 되옵니다. 이것은 전하의 위업이고 저는 아무 한 일도 없는 무명소배일 뿐인데 어찌 그런 말씀을 하십니까."

"아니오. 대사께서 중추가 되었다는 건 하늘이 알고 땅이 알고 내가 아는데 어찌 감출 수 있단 말이오. 반드시 이름을 같이 올릴 것이오."

"전하의 뜻이 정 그러하시다면 소승의 이름은 말고 복천암을 비롯해 대장암 등 승가의 수고로움을 위로하는 뜻에서 약간의 상징을 넣으면 어떠할는지요?"

"어떤 상징을 넣으면 좋겠소?"

"불교의 세 가지 신성수를 활용하심이 어떠하신지요?"

"불교의 신성수라……."

"불교의 본은 108가지 번뇌를 극복함이고, 사찰에서는 부처의 마음이 온 천하에 퍼지기를 기원하며 아침에는 가섭부터 달마까지 28조사의 덕으로 중생을 구제하도록 28타의 종을 울리고, 저녁에는 모든 중생이 33천에 이르도록 33타의 종을 울리옵니다."

"그렇다면 새 글을 모두 28자로 하고, 해례본은 33장으로 하며, 나의 어지는 108자로 하겠소. 그리고 은수 부녀에게는 상을 내릴 것이오. 또한 일이 끝나면 양승락을 주자소 별감에 제수할 것이니 그리 아시오."

돌아서는 상감에게서 한순간도 눈을 떼지 않던 은수는 상감의 모습이 나무에 가려 보이지 않자 대웅전 뒤 큰 바위에 올라 상감이 사라진 방향을 하염없이 바라보았다.

세종은 돌아가 양승락에게 친필로 쓴 어지를 내려보냈다.

그날은 무척 즐거웠네. 아마 내 생전 그렇게 기쁜 날은 몇 날 되지 않을 것이야. 새 글자의 자체를 수없이 만들어보았으나 그렇게 만들 수 있으리라고는 생각도 하지 못했네. 은수는 나라의 보배이자 나의 동지일세. 조만간 다시 갈 터이니 그때까지 은수를 데리고 건강하기 바라네.

과묵한 성격으로 얼굴에 희비를 잘 드러내지 않는 양승락이었지만 이 편지를 받고는 주먹을 꽉 쥐었다. 세상에 드러나면 집안이 몰락하는 일이라 딸을 데리고 깊은 산중에 들어왔지만 가장으로서 참 못할 짓이었다. 1년 내내 마주치는 사람 하나 없는 산중생활이란 남자에게도 감내하기 힘든 일인데, 처녀의 몸인 은수에게는 말로 표현할 수조차 없는 고통일 터였다.

그달 그믐, 양승락은 은수의 손을 잡고 말했다.

"상감께서 오신단다."

양승락은 애써 기쁨을 감추는 은수의 어깨 너머로 등불에 비치는 새 글자체에 눈길을 두었다. 자신의 딸이지만 어디서 저런 재주가 나오는지 모를 일이었다.

조선왕의 비애

　명의 환관 주구는 조선에서 자신을 찾아온 사람이 있다는 기별을 받자 늦은 밤인데도 불구하고 궁을 나와 자신의 사가로 향했다.

　그는 일찍이 거세하고 궁으로 들어와 환관 중에서도 서열이 높은 자였다. 본시 교활해 강한 자를 향한 아부는 무쇠도 녹여낼 정도였고, 약자는 벌레 짓밟듯 해 무수한 원성을 듣고 있는 자였다. 하지만 그럴수록 그의 지위는 올라가기만 했는데, 그는 조선에 사신으로 가는 걸 무엇보다 좋아했다. 주구뿐만 아니라 명의 다른 환관이나 벼슬아치들도 조선에 사신으로 가는 걸 반겼다. 한번 사신으로 갈 때마다 산더미 같은 선물과 재물이 생기기 때문이었다.

　이미 세 번이나 조선을 다녀온 주구는 갈 때마다 누구보다도 악랄하게 조선왕을 핍박했다. 마지막 사신행에서는 온갖 진품을 담은 궤짝을 무려 200개나 가져왔는데, 궤짝이 어찌나 무거운지 하나를 드는 데도 장정 여덟 명이 필요했으니 북경까지 짐을 옮기는 데 동원된 조선 백성만 1,600여 명에 이르렀다.

게다가 그는 조선에 올 때마다 공녀를 요구했고, 이런저런 일로 화가 나면 의주까지 사신을 맞으러 오는 원접사를 매질하기 일쑤라 조선 조정은 그를 무척 두려워했다. 그의 행패 앞에서는 왕도 속수무책이었다. 사정이 그러하니 조선의 권신들 중에는 그에게 끈을 대는 사람도 적잖이 있었다.

"강종배 대감께서 보내셨습니다."

강종배는 집현전에만 20년 가까이 재직하며 부제학까지 오른 자로 터줏대감 노릇을 하며 나름 일파를 형성하고 있었다. 그들은 왕이 하는 일마다 사사건건 물고 늘어졌다.

"무슨 일이냐?"

"이것은 너무도 큰일입니다."

"무슨 일이냐니까?"

"전하께서……."

"이도가?"

"새로운 글자를 만들고 있습니다."

"뭐라? 새로운 글자를?"

"한자가 아닌 조선만의 글자 말입니다!"

"뭐라고! 이 미친놈!"

"아직 확실히 드러난 건 아니지만 요사한 중놈들이 어딘가에 숨어서 만들고 있다 합니다. 처음에는 반대했던 집현전의 젊은 학사들도 상당수 가담한다 합니다."

"저런 쳐죽일 놈들이!"

"태감께서 오셔야만 합니다."

"이도를 몰아세울 증거가 있느냐?"

"저희 대감께서 어떤 놈들이 가담했는지 알고 계십니다. 하지만 전하가 앞장서 하는 일인지라 어서 태감께서 오셔야 발본색원할 수 있습니다."

"알았다. 너는 나와 같이 내일 궁에 들어가자."

"제가요?"

"그래야 일이 빠르다."

1441년 3월 초하루.

세종은 아침부터 서둘렀다. 명나라 사신 일행이 도착하는 날이었다. 의주에서부터 원접사의 안내를 받아 내려온 사신단이 벽제관에 당도하자 세종은 영은문 앞으로 거둥하여 사신들을 영접한 뒤 모화관에 이르렀다. 영은문에서 경복궁에 이르는 길은 며칠 전부터 깨끗이 닦였고, 나무마다 형형색색의 등이 달려 있었다. 길가에는 갖가지 재주를 가진 백성들이 판을 벌이게 하여 사신들의 흥을 돋웠다.

모화관에서 잠시 다례를 베푼 뒤 광화문에 도착하자 사신이 먼저 들고 왕과 왕세자와 문무백관이 그 뒤를 따라 근정전에서 빈례를 갖추었다.

"황제의 칙서를 전하겠소!"

사신이 가지고 온 명나라 황제의 칙서는 근정전이 아니라 편전인 사정전에서 받는 게 예라 왕과 왕세자, 삼정승 육판서는 사정전에서 무릎을 꿇고 조아렸다.

─조선왕은 짐이 보내는 선물을 수령하고 정사正使 유겸, 부사副使 주구와 더불어 예禮를 논하라.

전문은 길었지만 요지는 위와 같이 예사로운 것이 아니었다. 선물을 수령하라는 건 답례를 하라는 뜻이었다. 또다시 사신의 무리한 요구에 시달릴 테지만 어차피 그건 각오하고 있던 참이었다. 하지만 예를 바로 세우라는 말은 워낙 범위가 넓어 어떻게 받아들여야 할지 알 수 없었다.

"음, 이게 도대체 무슨 일이란 말인가!"

세종은 가까운 신료들과 칙서에 담긴 뜻을 의논했지만 누구도 시원한 해석을 내놓지 못했다.

저녁 무렵 세종은 사신단이 머무는 태평관으로 거둥하여 사신과 수행원들에게 선물을 한 보따리씩 안겨주고 연회를 베풀었다. 태평관 연회는 다음 날 사신단이 어전에 드는 것으로 시작되는 공식 일정을 수행하기 전에 전야제 격으로 조촐하게 치르는 게 관례였으나, 어느 때부터인가 해가 갈수록 규모가 커져만 갔다.

"《대명집례》에 밝은 학자들이오."

태평관 연회에는 세종의 핵심 관료들이 빠지지 않고 자리했다. 특히 예를 논하라는 칙지가 있었던 만큼 왕은 예조판서와 집현전 대제학을 겸직하고 있는 정인지를 비롯해 예조의 관료들과 부제학 강종배를 비롯한 집현전 학사들을 대거 배석시켰다.

"세자와 대군들이오."

세종은 특별히 세자와 수양, 안평대군까지 배석시켰다. 예를 논하자 했으니 흠 잡힐 일을 하나라도 만들지 않으려는 생각이었다. 게다가 금번 사신단의 정사인 유겸은 황제의 스승으로서 높은 덕망과 학식으로 칭송받는 인물이기에 집현전 학사들은 내심 명나라의 예를 논한 책《대명집례》를 놓고 사신들과 한판 겨뤄보겠다는 기대에 은근히 부풀어 있었다. 과연 유겸이 이끄는 사신단과의 연회는 과거 여느 때와 달리 유쾌하고 정감이 넘치는 필담으로 가득 찼으며, 명의 사신단도 기분이 매우 좋아 보였다.

그런데 피로가 겹친 유겸이 칭병하며 초저녁에 자리를 뜨고 난 뒤 분위기가 돌변했다.

"이리 와, 이 잡년들아!"

거나하게 취한 명나라 사신들과 수행원들은 자리에서 일어나 비틀거리며 궁녀들의 가슴을 움켜쥐었고, 가로막는 노신의 수염을 잡아당기고 따귀를 때리기까지 했다. 이러한 안하무인 짓거리는 더 이상 참기 어려운 조선에 대한 능멸이었다.

"으음!"

왕은 깊은 숨을 들이마시며 태평관 연회장의 처마 끝을 올려다보았다. 뎅그렁 하는 풍경 소리와 오방색 단청을 보며 겨우 마음을 가라앉힌 세종의 눈에 정인지의 초록색 관복 넓은 소맷자락이 학의 날개처럼 사뿐히 휘감겨 올랐다. 온 방을 뛰어다니며 망발을 부리던 주구가 왕을 향해 걸어오는 걸 본 정인지가 얼른 일어나 가로막은 것이었다.

"황제께서 조선 정벌을 명하셨을 때 내가 몸을 던져 가로막아 주저앉힌 걸 모르시나!"

취기를 빙자하여 국왕에 대한 존대마저 대충 흐리며 술상을 주먹으로 내리치니 잔칫상의 육개장 국물이 용포에까지 튀었다. 그 국물은 마치 칼을 맞아 피를 흘리는 것처럼 목덜미에서부터 가슴팍 아래까지 뚝뚝 흘러내렸다. 합석한 대신들의 입에서 새어 나온 '흡' 하는 신음들이 난장판이 된 연회장 천장으로 뭉게뭉게 피어올랐다.

정인지가 어찌나 주먹을 불끈 쥐었는지 뼈가 손가죽을 뚫고 나올 것처럼 허옇게 내비치는 모습이 세종의 눈에 들어왔다. 세종은 눈짓으로 정인지를 말리며 말했다.

"먼 길에 고단하여 취기가 지나치신 듯합니다."

정인지가 부축하듯 제어하자 주구는 허공에다 크게 소리쳤다.

"나는 조선의 은인이란 말이야, 알겠나! 나 아니었으면 너희들은 다 죽었어!"

주구의 눈길이 세종을 스쳐 그 옆에서 시중을 들던 궁녀의 얼굴에 꽂혔다.

"ㅎㅎㅎㅎ. 거기 너 이년, 마음에 쏙 드는구나. 냉큼 이리 가까이 오너라."

주구는 계속 손가락질을 해대며 시꺼먼 얼굴 전체가 파묻히도록 웃어젖혔다. 마지못해 배착배착 무릎걸음으로 다가온 궁녀의 얼굴에는 질색하는 표정이 역력했다. 그러자 주구는 팔목을 잡아끌어 세우더니 "네 이년!" 벽력같이 소리를 지르며 따귀를 내리쳤다. 좌중이 미처 손쓸 새도 없이 어린 궁녀의 얼굴에서 핏방울이 맺혀 떨어져 내렸다. 주구의 굵은 반지가 연약한 얼굴에 파고든 때문이었다.

더는 두고 볼 수 없는 일이었다. 평소 온화하기만 하던 세종이 눈을 치뜨며 자리에서 벌떡 일어나는 순간 정인지가 명나라 사신을 끌어안고 덩실덩실 두 팔을 휘젓기 시작했다.

"풍악을 올려라! 사신 나리, 이 좋은 날에 우리 춤이나 추어봅시다."

주구가 밀쳐 정인지가 쓰러지자 이번에는 신숙주가 사신을 꽉 끌어안은 채 남은 한 팔을 휘두르기 시작했다.

세종은 어느덧 무아지경으로 나풀대는 신숙주의 관복 끝자락에 걸린 가느다란 달을 바라보았다. 눈썹 모양의 달은 빠르게 움직이는 구름 사이로 가느다란 빛을 흘려내며 세종의 얼굴을 비추고 있었다. 세종은 잇몸이 내려앉을 정도로 꽉 다문 어금니를 다시 한번 앙다물었다.

조선을 건국한 태조 이성계가 위화도 회군 때 내세운 '작은 나라가 큰 나라를 거슬러서는 안 된다'는 불가론은 그 후 조선의 지침이 되었다. 거기에다 공자의 유학을 통치 이념으로 삼으면서 중국은 하늘 같은 존재로 다가와 조선이 중국을 거스른다는 건 상상조차 할 수 없는 일이 되었다.

세종은 어린 시절부터 밤을 새워 사서오경을 읽어대 부왕이 이를 엄격히 금할 정도였지만 임금이 되어 연륜이 깊어질수록 중국의 경전을 떠나 조선의 근본적 문제에 대해 염려하기 시작했다.

소수의 사대부와 그들이 형성한 양반이라는 상위층이 절대 다수의 백성을 억누르고 있는 구조에 세종은 눈을 떴다. 그들이 백성을 억압하고 수탈하는 수단이 글과 학문이라는 사실은 세종으로 하여금 깊은 고민에 빠지게 만들었다. 세종은 밤이나 낮이나 백성을 걱정했고 백성을 위해 할 수 있는 모든 걸 다했지만, 그것은 기분과 감정에 따른 시혜일 뿐이지 백성을 강하게 만들어줄 수 있는 근원적 방도가 아니었다.

짐승의 서열이 이빨이나 발톱, 근력에 의해 결정된다면 사람의 힘은 지식과 지혜에 의해 결정되는 바, 백성이 책을 읽어 지식과 지혜를 얻기에는 한자라는 문자가 너무 어려웠고,

그러다 보니 학문도 지혜도 신분도 벼슬도 다 세습되고 있었다. 글과 학문을 익히는 데 시간이 너무 오래 걸리기에 가난한 백성이 자식에게 글을 가르친다는 건 엄두도 낼 수 없는 일이라 세습은 점점 굳어지게 마련이었다.

"그렇다! 백성에게 글을 만들어주자!"

세종은 역사상 누구도 하지 못했던 위대한 생각을 해냈지만 사방이 적이었다. 처음에는 가장 가까운 집현전 학사들에게조차 함부로 말을 꺼낼 수 없을 정도였다. 조금씩 설득한 끝에 몇몇 학사들을 끌어들였지만 새 글이 거의 완성되어 가는 요즘에 와서도 조심스럽기는 매한가지였다. 고관대작들은 물론 집현전 학사들 중에도 제 나라 임금을 업신여기고 명나라 눈치를 보는 데 이골이 나, 모든 판단 기준을 오로지 명나라의 심기를 거스르지 않는 데 두는 자들이 태반이기 때문이었다.

세종의 용안에 다시 잔잔한 미소가 어렸다. 이 자리를 못참으면 결국 그 피해는 모두 백성들에게 돌아간다는 것을 누구보다 잘 아는 세종이었다. 백성들이 피땀 흘릴 것을 알면서도 지난날 말 5,000필을 내놓으라던 요구도, 소 1만 마리를 내놓으라던 요구도 군소리 없이 들어주었던 것 또한 나라의 안위를 위함이 아니었던가. 그나마 지혜를 발휘하여 소

1만 마리 대신 6,000마리만 보냈으니 당시 상황에선 그것이 최선이었다.

그때도 참았는데 이런 자의 횡포 하나 못 참을까 스스로를 추스르며 세종은 표정을 풀고 자리를 파할 때까지 평온을 유지했다.

다음 날 이른 아침 강종배는 영빈관의 주구를 찾았다.

"대감, 그간의 행태가 이런 지경이었습니다."

강종배는 이제껏 끈끈하게 감시해온 왕의 반역행위를 낱낱이 보고했다.

"홍현표, 권오성, 최종국, 이종백 등 집현전 학사들은 왕이 스스로 엄벌케 하여 추후 누구도 왕의 편에서 글자를 만들지 못하도록 하는 게 묘책입니다. 요사한 중 신미는 잡아 죽이고, 무엇보다도 주자간의 양승락이는 일가를 멸해야 합니다. 새 글자를 금속활자로 찍어 퍼뜨리면 주워 담을 수도 없습니다."

그렇게 조심했건만 강종배는 이미 왕의 일거수일투족을 낱낱이 꿰고 있었다.

"알겠다. 왕은 내가 족칠 터이니 너는 중놈과 주자간의 그놈을 죽여라."

간밤의 술자리에서부터 사신단의 횡포를 있는 대로 겪은 조정의 분위기는 얼어붙어 있었다. 오전에 들어오기로 한 사신단이 무슨 턱없는 요구를 해댈지 다들 전전긍긍했다.

명 황실이 분란을 겪으면서 정통제 때부터는 공녀의 진상을 요구하지 않는 것만 해도 다행이었다. 사신이 공녀의 진상을 요구하면 전국에 금혼령을 내려 반상을 막론하고 처녀들의 결혼을 금한 뒤 미인을 거르고 걸러 마지막에는 왕과 사신이 직접 추려 보내야 했으니 그 굴욕이 이루 말할 수 없었던 것이다.

문무백관이 도열한 가운데 사신단이 들었다. 간밤 자신이 자리를 뜬 뒤 일어난 난장판을 알지 못하는 정사 유겸은 진중하고 공손했으나 부사 주구가 거만하기 이를 데 없는 태도로 나서자 어전에는 긴장감이 감돌았다.

"본관은 조선왕이 반역을 도모하고 있다는 확고부동한 증거를 갖고 있소!"

어전에 든 주구의 첫마디는 청천벽력과도 같았다.

"무슨 말씀이신지요?"

당황한 정인지가 앞으로 나서자 주구는 소매에서 종이 뭉치를 꺼내 집어던졌다.

"이걸 모른다 하지는 않을 테지? 만약 모른다 하면 내가 수백 장이라도 더 내놓겠소."

정인지는 종이에 적힌 글을 보는 순간 경악했다. 아니 정인지만이 아니었다. 세종을 도와 새 글자를 만들고 있던 신하들은 말할 것도 없고, 새 글자에 대해 전혀 모르고 있던 신하들도 소스라치게 놀랐다.

내용을 아는 대소신료와 집현전 학사들 중 일부는 등에 식은땀이 흘렀지만, 내심 차라리 잘되었다 생각하는 이도 많았다. 상감이 앞장서 새 글자를 만든다 하니 할 수 없이 따라는 가지만, 마음속으로부터 옳다고 생각하는 신하는 사실 하나도 없었다.

사대부의 지위를 크게 높여 왕조차도 함부로 대할 수 없도록 한 유학은 위대한 성인 공자가 정립한 절대적 진리였다. 그런데 상감이 쉬운 글자를 만들어 백성이 글을 알게 된다면, 이는 명나라에 대한 반역이기 이전에 공자를 장사 지내겠다는 위험한 도발이었다. 게다가 양반도 아닌 자들이 글자를 안다고 우쭐대며 기어오를 걸 생각하면 글자를 만들겠다고 세종이 동분서주하는 건 한마디로 미친 짓이었다.

"이건 반역이다! 조선왕이 천하의 황제가 되려는 건가?"

기세등등한 주구의 목소리가 어전을 울렸고 신료들은 모두 얼어붙었다. 간밤에 주구를 붙잡고 늘어졌던 정인지와 신숙주도 주구가 내던진 종이 뭉치를 눈앞에 두고서는 숨을 죽이고 있었다.

"기역, 니은, 디귿이라 했나? 이 해괴한 문자가 반역이 아니라면 도대체 무어란 말인가?"

주구가 글자까지 입에 올리자 영의정이 당황스런 목소리로 주구에게 물었다.

"그게 무엇입니까?"

"당신은 모르고 있었구먼. 당신네 왕이 이따위 요사스런 글자를 만들어 황제께 반역을 저지르고 있었단 말이오. 영의정, 대답하시오. 당신은 조선왕의 신하이기 이전에 누구의 신하요?"

영의정은 당황했다. 지난날 북경에 사신으로 갔던 권근과 정총의 일화가 생각났기 때문이었다. 권근과 정총이 홍무제가 하사한 붉은 옷을 받았지만 마침 조선에 국상이 생겨 정총이 상복을 입었다. 그러자 홍무제가 "너는 조선왕의 신하이기 이전에 나의 신하가 아니냐, 그런데 어째 조선왕의 어미가 죽었다고 내 앞에서 상복을 입느냐"며 단칼에 정총을 죽였던 일이 떠올랐던 것이다.

"음, 으음."

영의정이 대답을 하지 못하고 주저하자 주구는 벼락같은

일성을 내질렀다.

"알고 보니 이것들이 아예 작당을 하고 황제 폐하를 욕보이는구나. 내 10만 대군을 동원하여 이 조선 땅을 시산혈해로 만들고 말리라."

"고정하시오. 조선의 모든 백성들은 나의 백성이기 이전에 모두 황제 폐하의 백성이니, 영의정도 당연히 황제 폐하의 신하요."

세종은 위엄이 깃들었으나 최대한 평온한 말투로 주구를 누그러뜨리려 했다.

"그러면 영의정, 대답하시오. 조선왕이 이렇듯 해괴한 글자로 반역을 꾀할 동안 당신은 무엇을 한 거요? 즉각 황제께 장계를 올려야 하는 것 아니오?"

주구의 다그침에 무슨 대답을 해도 책이 잡힐 뿐이라 생각한 영의정은 쩔쩔매며 황소처럼 눈만 껌벅거렸다.

"누가 이리 소란을 떠는가!"

돌연 우레 같은 목소리를 쩌렁쩌렁 울리며 한 장부가 걸어들어오자 주구는 흠칫 놀라 뒤를 돌아보았다.

"도대체 어떤 놈이 글자 만드는 걸 황제에 대한 반역이라하는가! 네놈이 뭔데 제멋대로 그리 규정하는 것이냐! 그렇다면 네놈이 황제에 모반을 꾀하는 것 아니냐. 아무도 감히 그런 생각을 하지 못하거늘, 네놈이 마음에 있는 걸 지금 드러내는 것 아니냐. 내 오늘 너를 한칼에 베어 황제께 충성을 다하리라!"

이와 동시에 차고 있던 큰 칼을 빼들고 주구를 향해 내달으니 그 태산 같은 기상과 기세에 눌린 주구는 겁에 질려 얼른 세종의 뒤로 몸을 숨겼다.

"전하! 어서 그놈을 이리 내주시지요. 오늘 이놈을 죽이지 못하면 저는 장부가 아니옵니다. 제 평생 척살한 놈이 수백이거늘 이런 졸자 하나 처리 못 하겠사옵니까! 어서 그놈을 내놓으시지요!"

크게 당황한 세종의 목소리가 주구의 귀를 울렸다.

"김종서 장군, 고정하시오."

"소신 이번에 우디거족을 토벌하였으나 그 잔당이 대명의 변경을 습격하려 하여 무려 석 달간 이들을 소탕하였사옵니다. 이는 우리나라는 물론 대명 황제께도 큰 공을 세운 것인즉, 이런 잡놈 하나 죽이는 것이 무슨 대수겠사옵니까? 어서 그놈을 이리 내놓으십시오!"

말을 마침과 동시에 김종서가 허공에 큰 칼을 휘두르며 내닫자 세종 뒤에 숨은 주구는 기겁하여 용포를 움켜쥔 채 왕에게 사정할 뿐이었다.

"전하, 얼른 저자를 말려주십시오."

세종이 팔을 벌려 김종서를 막아섰지만 김종서는 오히려 왕을 꾸짖듯 고함쳤다.

"저놈은 작년에 신이 함길도에 가 있는 동안 200궤짝이나 되는 갖가지 명품을 퍼 날라 국고를 완전 거덜 냈다는 놈 아닙니까? 저런 놈은 황제의 은총을 전하기는커녕 황제의 이름을 팔아 사욕을 채우고 만난을 야기하는 놈이니 마땅히 죽여 황제의 도의를 실현하겠습니다. 어서 내놓으십시오!"

김종서가 외침과 동시에 달려드니 호위무관 십여 명이 막아섰으나 그의 기세를 도저히 당해내지 못하고 뒤로 자빠질 뿐이었다. 무섭게 달려든 김종서가 주구의 목덜미를 움켜쥐려는 찰라 주구는 괴성을 지르며 세종의 발밑에 엎드려 겨우 그의 손아귀를 피할 수 있었다.

김종서는 아주 별난 사람이었다. 무신의 집안에서 났으나 16세 때 과거에 급제했으니 19세 때 급제한 대제학 정인지보다 학문이 깊었다. 군사에도 능통한 그는 육진을 개척함으로써 조선의 국경선을 두만강 유역까지 넓힌 용장이었다. 그는 앉은 책상에 화살이 날아와 박혀도 눈 하나 꿈쩍이지 않을 만큼 담력이 컸다. 음식에 독을 넣어 암살하려는 시도가 수차례 있었음에도 절대로 죽지 않아 대호大虎라는 별명을 얻기도 했다.

"전하, 제발 살려주십시오."

주구의 간청이 이어졌고, 이에 세종이 주구를 내놓지 않자 김종서는 대전에 선 채 이 광경을 바라보고 있던 정사 유겸에게로 몸을 돌렸다.

"이보시오, 정사! 당신은 모르고 있었소? 저놈이 작년에 사신으로 와 황제께 보내는 봉물의 백 배 되는 명품을 털어간 사실을!"

유겸은 통정사通政司 통정通政으로 사행단의 정사를 맡기는 했으나 본시 한림원 출신이라 예에 밝고 학문이 뛰어난 인물이었다. 보통은 태감이 사신단의 정사를 맡아왔는데 사신으로 갔다 온 지 얼마 되지 않은 주구가 명분을 구하느라 조선 조정에 예를 물어야 한다 하자 황제는 유겸을 정사로 임명했다. 이는 주구가 제 꾀에 넘어간 꼴이었다. 더군다나 유겸은 황제를 가르치는 태사였다.

"그게 사실이오?"

유겸은 사행단이 의주에 접어들면서부터 온갖 행패를 다 부리는 주구가 눈에 거슬렸지만 황제의 최측근 환관이라 대놓고 꾸짖지는 않고 있던 참이었다. 방금도 정사인 자신마저 제쳐두고 어전에서 안하무인격의 만행을 부려 노기가 치솟던 참에 김종서가 소리 높여 주구의 전횡을 알리자 눈이 휘둥그레졌다.

"한 마디 거짓 없는 사실이오."

"알겠소. 내 돌아가 황제께 고하고 엄중히 조사할 터이니 그 칼을 거두고 부사를 내어주시오."

이에 세종까지 극진히 만류하자 김종서는 못내 아쉬운 듯 칼을 거두었다. 주구는 얼른 유겸에게 달려와 소매를 붙들었다.

"놓으시오!"

유겸은 소매를 뿌리치고 세종에게 사과의 뜻으로 공손히 머리를 숙인 뒤 김종서와 문무백관에게도 고개를 숙였다. 세종과 김종서, 문무백관이 모두 마주 고개를 숙였다.

예를 지켜 몇 번 뒷걸음을 쳐서 근정전을 물러난 유겸은 영빈관에 돌아오자마자 황제에게 보내는 조서를 작성해 발빠른 수행원 편에 북경으로 보냈다. 그러고도 분을 참지 못해 직권으로 주구에게 금족령을 내리니, 주구는 조선을 떠날 때까지 영빈관 밖으로 나갈 수 없게 되었다.

주자간의 비극

양승락은 조선조에 들어 양반은 못 되었지만 한자에 통달한 인물이었다. 능숙한 주자사가 되려면 당연히 한자를 알아야 하나 그렇다 해도 글자에 대한 그의 이해는 깊고도 깊었다. 그의 집안은 대대로 주자술의 명문가라 원나라 때 만권당과 교류하며 많은 책을 접하였다.

그는 또한 불심이 깊었다. 불교가 국교였던 고려시대부터 대대로 불경을 인쇄해온 집안인지라 자연히 불교에 빠져들었고, 그의 불심은 그대로 외동딸 은수에게 전해졌다. 그가 신미대사의 지시에 따라 은수를 데리고 산 중턱의 암자에서 생활할 수 있었던 것도 이러한 불심 덕분이었다. 일찍이 아내를 잃고 딸을 의지하여 살아온 그는 은수라는 이름을 입에 올리기만 해도 마음속 서리가 녹아내렸다.

은수는 너무나 영특해서 천자문을 불과 일곱 살에 깨쳤을 뿐 아니라 집 안에 있는 갖가지 어려운 서적들을 줄줄 외웠다. 그런가 하면 혼자 익힌 서예에서도 자신만의 서체를 형성하는 놀라운 기량을 발휘했다. 지난번 상감이 경탄한 글자체를 만들어낸 것도 결코 우연이 아니었다.

　"아들로 태어났으면 좋았을 것을……."

　상감을 직접 뵌 후로 은수를 바라보는 양승락의 마음은 애틋하기만 했다. 조만간 다시 오겠다는 상감의 약속에 마음이 설레면서도 그것이 도리어 은수에게 마음고생이 되지 않을까 하는 막연한 불안감이 마음 한구석을 떠나지 않았다. 눈에 넣어도 아프지 않은 여식이기도 하지만, 산중에 숨어 은수가 하는 일이나 구중궁궐에서 상감이 숨어서 하는 일이나 똑같이 너무도 위험한 탓이었다.

　3월인데도 새순이 유달리 빨리 눈을 틔운 탓에 고요한 주자간 주변에 봄기운이 완연했다. 연초록색으로 피어나는 아지랑이에 둘러싸인 산마루에서는 숲속으로 난 길이 고스란히 내려다보였다.

　"상감마마."

　은수는 대웅전 뒤쪽 바위에 올라 그날의 기억을 떠올리며 나직이 소리 내어 불러보았다.

"울울창창"이라 외친 신미에게 용을 쓰다 마지막에는 호탕하게 웃어버리던 상감. 술을 따르려 하자 첫 잔은 낭군에게 따르라며 잔을 물리던 모습이 한없이 정겹게 다가왔다.

산에서 가장 먼저 계절의 변화를 알리는 것은 휘파람새들의 노랫소리였다. 봄기운이 피어나니 짝을 찾느라 앞서거니 뒤서거니 바쁘게 날아다녔다. 어쩌면 갓 부화한 새끼들을 보살피러 가는 건지도 몰랐다.

"가나다라마바사 아자차카타파하!"

은수는 마치 염불처럼 새 글자를 입속에서 소리 내 외워보았다. 참으로 기묘하고 신기한 일이었다. 모두 합해 서른 개가 안 되는 글자 조각을 가지고 세상에 못 낼 소리가 없고 못 담을 뜻이 없다는 사실이 도저히 믿어지지 않았다.

"기니디리미비시 이지치키티피히!"

은수는 마치 놀이처럼 새 글자로 낼 수 있는 소리를 이것저것 내보았다. 왕이 다녀간 후로 은수는 예전보다 더 열심히 글자체를 만들었다. 이런저런 낱말을 만들어 의미를 얹어보기도 했고, 그 낱말들을 소리 내어 읽어보기도 했다. 은수는 이렇게 놀이랄지 공부랄지 글자와 더불어 하루를 온통 흘려보내고 있었다. 심지어 불당에서도 염불 대신 가나다라를 외우는 바람에 양승락의 질책을 받는 일도 있었다.

휘파람새의 울음에 겹쳐 먼 곳의 소쩍새가 피를 토하듯 울어대는 어느 날 밤, 양승락은 상감이 다녀간 후로 은수의 놀이터가 되어버린 바위 위로 올라갔다.

"아버님!"

"은수야, 오늘은 저 귀촉도가 유난히 섧게 우는구나."

"마음이 심란하십니까?"

"상감께서 오실 날이 얼마 안 남았는지 이런저런 생각이 드는구나."

"상감께서 워낙 글자체에 마음을 두고 계시니 아버님과 저는 무심하게 대하는 것이 좋을 듯합니다."

"물론 그러하다. 하지만 왠지 마음이 가라앉지 않는구나."

이렇게 말하며 양승락은 손에 쥐고 있던 걸 내밀었다.

"이것을 간직하여라."

양승락은 고운 비단 매듭에 달린 열십자 모양의 은으로 만든 작은 물건을 은수의 목에 걸어주었다. 은수는 막대기 두 개가 포개진 형상의 이 물건이 낯설었지만 아버지가 근심스러운 표정으로 매달아주는지라 고개를 숙인 채 잠자코 있었다.

"네 할아버지께서 원나라에서 가져오신 것이란다."

은수는 조부로부터 직접 원나라 수도에서 만난 사람들에

대해 들은 적이 있었다. 노랑머리에 검은 옷을 입은 그들은 서역에서 온 승려들이라 했다. 조부가 귀국할 때 아쉬워하며 정표로 이 목걸이를 줬다는데 몸에 지니고 있으면 모든 악귀가 물러나는 영물이라 했다.

"안 내려갈 테냐?"

"아버님 먼저 가십시오. 저는 좀 더 있다 가겠습니다."

"허허, 네 머릿속에서는 작은 사람들이 밤낮없이 일을 하는 모양이구나. 새 글자체가 그치지 않고 나오는 걸 보면. 그래도 날이 어두우니 너무 늦지는 말아라."

양승락은 대견하기 그지없는 딸의 손등을 가볍게 두 번 두드리고는 바위에서 내려와 요사채를 향해 걸음을 옮겼다.

푸드득!

대웅전 옆 낮은 풀숲에서 갑자기 퍼덕거리는 날갯소리에 양승락은 헉하고 놀랐다. 오늘따라 유달리 휘파람새들이 악쓰듯 울어댄다는 느낌에 그는 잠시 제자리에 멈춰 서서 이토록 예민해진 마음이 무엇 때문인가 생각했다.

상감 때문이었다.

상감이 오시면 은수를 데려가실까. 분명 그날 상감은 은수를 어여삐 보시고 은수의 재능에 감탄하셨다. 사실 은수는 재주로 보아서는 한낱 필부의 아녀자로 살아서는 안 될 아이였다. 다음에 상감을 뵈면 은수를 귀히 쓰시도록 부탁하리라 결심하며 요사채에 든 양승락은 이부자리를 깔고 누웠다.

한참을 뒤척였으나 잠은 오지 않고 지난 세월이 주마등처럼 스쳐 지나갔다. 글자를 주조하는 건 정신의 일이라며 고려조에 대한 절개를 지키던 조부와 부친. 목구멍이 포도청이라 혼자 한양으로 올라가 주자소에 들어갔던 일. 누구도 따라오지 못하는 재주를 인정받았지만 아내의 병으로 주자소를 떠나던 일. 결국 아내를 먼저 떠나보낸 후 신미대사가 장례를 치러준 일. 새로운 글자를 만들지 않는 한 유교 사대부의 지배를 영원히 벗어날 수 없다던 신미대사의 말. 쉬운 글자만 있다면 자신이 천하에 퍼뜨릴 자신이 있다 장담하던 일. 산중으로 들어와 새 글자를 벗 삼아 놀던 은수가 보여준 천부적 재능. 그리고 얼마 전 산중의 주자간을 찾아왔던 상감……

돌연 부스럭거리는 소리에 기억이 끊기면서 머리털이 곤두서는 살기를 느낀 양승락은 후다닥 일어나 고함을 질렀다.

"어떤 놈이냐!"

주자간 방향에서 후두둑 잔솔가지들이 꺾이는 소리와 함께 서너 명의 거친 발걸음 소리가 들리자 양승락은 얼른 문간에 세워두었던 박달나무 몽둥이를 집어 들었다.

"어딜!"

하지만 문을 박차고 들어온 사내들 중 하나가 내려친 칼날을 피할 수는 없었다.

"으헉!"

날랜 솜씨에 양승락의 몸은 그대로 꺾이고 말았다.

"딸년은 어딨어!"

의식이 흐려지는 가운데서도 양승락의 입에서는 본능처럼 거짓말이 튀어나왔다.

"한양에 가고 없다."

"흐흐, 검객들을 기다리면서 종일 너희 부녀를 지켜보고 있었어. 조막만 한 땅에서 요기 아니면 저 바위 위인데 어디서 개수작이냐!"

자객들을 뒤따라 들어온 사내 하나가 뾰족하고 야비한 얼굴에 잔인한 웃음을 흘리며 자랑처럼 을러댔다.

"으으!"

얼굴에 겨누어진 칼날 앞에서 비척거리던 양승락은 돌연 문밖으로 뛰쳐나갔다. 그는 목에 칼을 맞아 분수처럼 피를 내뿜었으나 정신이 아득한 중에도 온 힘을 다해 고함을 질렀다.

"은수야, 뛰어라! 뛰어, 도망쳐!"

어두운 산속에서 절규는 하늘 높이 울려 퍼졌고, 양승락은 대웅전 반대편을 향해 비틀거렸다.

"아니, 그쪽이 아니잖아."

야비한 사내의 비웃음에 이어 허공을 가르는 칼바람 소리와 함께 양승락이 바닥에 엎어졌다. 이윽고 사나운 불길이 순식간에 주자간을 휘감았다.

어둠이 짙어가는 산속에서 은수의 길고 가느다란 흐느낌만 이어질 뿐이었다.

강종배의 자식들은 집에 끌려온 은수를 보자 앞 다투어 첩으로 달라고 졸랐으나 강종배는 누구도 은수에게 접근하지 못하도록 엄명을 내렸다.

"이 아이는 임자가 따로 있다! 너희 중 누구라도 경거망동하다가는 나중에 모조리 능지처참을 당할 것이다."

강종배 역시 처음 은수를 보고 그녀의 미모에 넋이 나가고 말았다. 부친을 비명에 보냈음에도 함부로 적대감을 드러내지 않는 깊이는 물론이거니와, 위력과 공포에 휘둘리지 않는 침착함에 놀라지 않을 수 없었다. 궁중의 비빈 중에서도 당할 여인이 없으리라는 생각이 들었다.

강종배가 마음에 둔 이는 바로 주구였다. 비록 지금은 정사 유겸에게 핍박을 받고 있지만, 중국에 돌아가면 상황이 뒤집히리라 철석같이 믿고 있었다. 주구는 황제를 가장 가까이에서 모시는 능수능란한 태감이다. 비록 태사라 해도 한림원 검토檢討 출신의 고지식한 유겸을 당해내지 못할 리 없을 것이었다.

머지않아 주구가 다시 사신으로 오는 날, 온 조정이 뒤집어지고 왕은 자신의 옷자락을 붙들고 주구에게 얘기를 잘해달라며 통사정해올 것이 뻔했다.

"치장을 시켜라."

강종배의 속셈을 눈치챈 장남이 아비에게 따지고 들었다.

"아버님, 태감은 거세한 분이 아닙니까? 여자를 가까이할 리가 없는데 어인 연유로 여인을 그에게 주려 하십니까?"

"허, 너는 정녕 공부가 짧기만 하구나. 자금성에서 환관들과 궁녀들이 발가벗은 채 은밀히 떼 지어 논다는 소식도 모르고 어떻게 대국을 안다 말할 수 있겠느냐!"

강종배는 사람을 보내 주구를 자신의 집으로 초대했다. 유겸이 금족령을 내렸지만 주구는 거리낌이 없었다. 유겸이 상관이긴 해도 그것은 명목일 뿐이었다. 수행원 중 누구도 유겸을 실세로 생각하는 자가 없었고, 북경에 돌아가면 오히려 유겸이 좌천될 거라 믿는 자조차 있었다.

주구가 허락 없이 외출한다 해도 유겸에게 보고할 사람은 하나도 없다는 사실을 강종배는 누구보다 잘 알고 있었다.

"고맙네, 강 대감."

강종배는 먼저 자식들을 불러 인사시킨 후 주구와 독대하며 좋은 술과 맛난 안주를 대접했다. 술이 거나해지자 강종배는 은수를 들어오게 했다. 은수는 몸부림치거나 소리를 지르지 않고 차분히 들어와 강종배가 가리키는 대로 주구 옆에 온순하게 앉았다.

"대명 사신께 술잔을 올리거라!"

은수는 가만한 동작으로 팔을 뻗어 한 손으로 술병을 쥐고는 나머지 한 손으로 주구와 강종배가 필담을 나누던 붓을 잡았다.

─우리나라 상감께서는 제 잔을 거절하시며 첫 잔은 반드시 낭군에게 따르라 하셨습니다. 그러하니 이 잔을 받으시면 저의 낭군이 되시는데, 중국에 돌아가 황제께 그리 복명하셔도 괜찮을는지요.

주구는 글을 보자 혼비백산했다.

"이게 무슨 소리냐? 나는 너를 전혀 모른다."

은수는 이번에는 강종배를 향해 잔잔히 물었다.

"대신께서는 상감의 신하가 맞는지요?"

"무슨 해괴한 소리냐? 내가 상감의 신하가 아니면 누구의 신하란 말이냐?"

"그러시면 상감께 여쭈어주시지요. 제게 그런 영을 내리셨는지, 아니 내리셨는지를요."

"허허, 그런 일이 있었다면 왜 진작 얘기하지 않았던 거냐? 태감, 이 아이에게 술잔을 받기는 그른 것 같습니다."

강종배는 한껏 자애로운 표정을 지었으나 주구와 요사한 눈빛을 교환하고는 밖을 향해 소리쳤다.

"술상을 물려라."

곧 장정 둘이 들어와서는 술상을 맞드는 체하다 갑자기 은수의 어깨를 잡아챘다. 은수가 몸을 피하려는 순간 검은 자루가 은수의 가녀린 몸을 집어삼키더니 몸집 좋은 장정 하나가 자루를 들쳐 메고 마당을 가로질러 뛰었다.

사내가 쿵쿵 발을 내디딜 때마다 은수의 몸은 빈껍데기인 것처럼 하늘로 풀썩 치솟았다 내려앉았다 춤을 추었고, 이내 검은 자루 속에 담긴 채로 한 줄기 빛조차 없는 곳간에 갇혀버리고 말았다.

"구멍을 뚫어 숨을 쉬게 하고 하루 한 끼 밥을 주어라."

강종배의 명에 따라 이 검은 자루는 곳간에 사흘 동안 내팽개쳐져 있다가 한양을 떠나는 명나라 사신단의 선물 더미에 얹혀졌다. 자루는 한양을 벗어난 후에야 풀렸고, 은수는 집찬비執爨婢 무리에 끼어 엄중한 감시 속에서 북경을 향해 걸음을 옮겨야 했다.

북경

    정사 유겸은 명 조정에서도 학문의 깊이를 인정받은 대학자인 데다 청렴결백하고 예의에 밝아 만인의 사표가 되는 사람이었다. 또한 시와 문장에도 능해 소동파의 〈적벽부赤壁賦〉나 굴원의 〈이소離騷〉 같은 긴 글도 통째로 외곤 하였다.

    한양을 떠난 사행단이 의주를 벗어나 산해관에 들어서자 유겸의 눈에 들어오는 사당이 하나 있었다. 기왓장은 깨지고 기둥은 썩어 허물어지다시피 했는데 사당의 편액을 보는 순간 유겸은 손을 들어 사행단을 정지시켰다.

    "재상의 사당이 아닌가!"

    유겸은 황급히 수행원들에게 제사상을 차리게 한 후 의관을 정제하고 절을 올렸다. 그가 말한 재상이란 제갈공명으로, 오랜 세월이 지나는 동안 쇠락해진 사당의 처량한 모습이 그의 마음을 움직였다.

"승상사당하처심丞相祠堂何處尋(승상의 사당을 어디 가 찾으리오)."

유겸의 입에서는 자신도 모르게 두보의 〈촉상蜀相〉이라는
시가 흘러나왔다.

승상사당하처심 丞相祠堂何處尋

금관성외백삼삼 錦官城外柏森森

영계벽초자춘색 映階碧草自春色

격엽황리공호음 隔葉黃鸝空好音

삼고빈번천하계 三顧頻煩天下計

양조개제로신심 兩朝開濟老臣心

출사미첩신선사 出師未捷身先死

승상의 사당을 어디 가 찾으리오

금관성 밖 잣나무 늘어선 데로다

섬돌 옆 푸른 풀에는 절로 봄빛이 배었고

나무 사이 꾀꼬리 울음 홀로 맑았구나

삼고초려는 천하를 위한 계책일지니

대를 이어 충성한 늙은 신하의 마음이로다

군사를 내어가 이기지 못하여 몸이 먼저 죽으니

먹구름이 모여 잔뜩 흐린 가운데 바람조차 소슬하여 애조 띤 시구가 이어지자 수행원들도 마음이 절로 숙연해져 유겸의 뒤에 선 채 고개를 숙이고 있었다.

"출사미첩신선사."

가장 슬픈 이 구절에 이르자 글에 밝은 수행원들 중에는 훌쩍이는 이도 있었다. 그런데 웬일인지 유겸의 마지막 구절은 이어지지 않았다. 수행원들은 고개를 숙인 채 정사가 슬픔에 잠겨 그러리라 여기며 기다렸지만, 한참이 지나도 유겸은 마지막 구절을 내놓지 못했다. 마침내 수행원들은 유겸이 마지막 구절을 기억하지 못하고 있음을 깨달았다.

수행원들은 이리저리 고개를 돌리며 문장을 채워줄 사람을 찾았지만 아무도 나서는 이가 없었다.

"출사미첩신선사……."

유겸은 다시 한번 직전의 문장을 읊었다. 하지만 기억이 꽉 막혀 아무것도 떠올리지 못했고, 사당 앞에 고개를 숙이고 있던 수행단은 이것이 단순히 시구 하나의 문제가 아님을 깨달았다.

황제의 스승인 태사가 제를 완성하지 못한 것도 문제지만, 이 사실이 알려지면 오히려 그를 제대로 보좌하지 못한 수행단 전체가 벌을 면치 못할 것이었다. 그렇다고 모두가 작당해 입을 다문다면 황제를 속인 죄에 해당하니 목숨을 부지할 수 없는 건 불 보듯 뻔했다. 모두가 전전긍긍할 때 맨 뒤에서 고개를 조아리고 있던 말직의 한 수행원이 접힌 종이 한 장을 들고 황급히 유겸에게 다가갔다.

종이를 펴보던 유겸의 표정이 확 변했다. 그는 놀라움이 그득한 눈으로 말직 수행원을 바라보았으나 수행원은 영문을 모르겠다는 표정을 지을 뿐이었다.

"장사영웅루만금長使英雄淚滿襟(길이 영웅으로 하여금 소매 가득 눈물짓게 하누나)."

유겸은 눈길을 종이 위로 옮기고는 한 자 한 자 또박또박 읽었다. 유겸이 마지막 한 자를 입 밖에 내고 제를 마치자 수행원 모두가 안도했지만, 유겸의 얼굴에는 형언키 어려운 복잡한 감정이 스며 있었다.

그는 제자리로 돌아간 말직 수행원을 불러냈다. 말직이 불려나올 때 수행원들이 일제히 환호했으나, 정작 본인은 어쩔 줄 몰라 하며 어색한 표정을 짓고 있었다.

유겸은 말직을 뚫어지게 바라보다 입을 열었다.

"연유를 말하라!"

말직은 입을 다물었으나 유겸이 재차 다그치자 입을 열고 말았다.

"누군가 제 발 앞에 떨어뜨렸습니다."

"그게 누구냐?"

"다들 고개를 숙이고 있어서 저도 따라 고개를 숙이고 있느라 누군지 보지는 못하였습니다."

"너는 이 시를 아느냐?"

"저는 알지 못합니다."

"그런데 어떻게 내게 가져올 생각을 했느냐?"

"제가 시는 모르지만 글은 아는지라 살펴보니 칠언인 데다 뜻이 맞는 것 같아 저도 모르게 발걸음이 움직였습니다."

유겸은 잠시 무언가 생각하다 손을 들어 대오를 흩뜨리고는 다시 가마에 올랐다.

그날 밤 은수는 유겸의 처소에 불려갔다.

"앉거라."

유겸은 자신의 앞자리를 비워두었다가 은수를 거기에 앉혔다. 기이하게도 유겸이 하석에 앉아 은수에게 상석을 권하는 것이었다. 은수가 차마 상석에 앉지 못하고 머뭇거리자 유겸은 거듭 권했다.

"그러나 이는 예가 아닙니다. 저는 옆자리에 앉겠습니다."

"그것은 은인을 모시는 예가 아니다."

유겸의 묵직한 권고에 은수는 못내 상석에 자리했다.

유겸은 손수 은수의 잔에 술을 따르고 자신의 잔도 채운 후 팔을 허공에 뻗었다.

"고맙다!"

술을 쭉 들이켠 유겸은 은수의 왼손으로 눈길을 보냈다.

"먹이 없어 혈서를 쓰느라 손이 많이 아팠을 터인데……."

"큰 상처는 아닙니다."

"누구나 그 시를 알 수는 있다. 하지만 누구도 너처럼 손가락에 피를 내면서까지 글을 쓸 생각을 하지는 못한다. 게다가 과장스럽게 나서 공을 빛내려 하지 않고 남을 시켜 혈서를 전달한 것은 나를 배려한 것일 터, 태사와 사행단이 모르는 것을 끌려가던 조선 처녀가 알려주었다는 소문을 만들지 않기 위함이 아니더냐. 진정 깊고도 아름답구나."

"저도 그 시를 좋아했을 뿐입니다."

유겸은 그윽한 눈길로 은수를 지켜보았다.

북경에 도착한 사행단이 황제를 알현하자 황제는 노고를 치하한 후 유겸을 따로 불렀다.

"주 태감이 그리도 가혹하였소?"

"사신으로 갈 때마다 조선 국고의 반을 축내 조선의 군신들과 백성들의 원망이 하늘을 찔렀다 하옵니다. 조서를 올리겠습니다."

"일개 태감을 벌하는 데 조서까지는 필요하지 않을 거요. 내가 알아서 벌할 테니 조서는 그만두시오."

명은 이때 이미 환관들의 세상이었다. 선제先帝인 선덕제는 현군이었지만 잘못된 판단으로 환관의 수를 크게 늘리고 그들에게 막강한 권력을 쥐여주었기에 그 위세가 실로 황제 못지않았다. 사정을 잘 아는 유겸은 더 이상 고집 부리지 않고 은수의 얘기를 꺼냈다.

"그 아이를 제 딸로 삼고자 하오니 윤허하여 주시옵소서."

"그렇게 영특한 처녀라면 경의 딸로 모자람이 없겠소. 경의 뜻대로 하시오."

유겸은 비명에 간 은수 부친의 영혼을 달래는 제를 지낸 후 은수를 수양딸로 삼아 책을 마음껏 보게 하였다.

한편, 조선에 갔던 주구가 빈손으로 돌아오자 환관들은 크게 분노했다. 그들은 사례태감司禮太監이 사천 순시에서 돌아오자 불만을 폭발시켰다.

"조선 사신은 언제나 우리의 몫이었습니다. 그런데 어디서 개뼈다귀 같은 놈이 기어들어와 주 태감을 가두고 난리를 쳤으니 이놈을 결코 그냥 두어서는 안 됩니다."

"유겸이 감히!"

분노한 사례태감의 귀에 대고 주구가 속삭였다.

"소신이 이번에 조선에 갔던 건 조선왕이 새 글자를 만들어 반역을 도모한다는 확실한 정보가 있었기 때문입니다. 가서 보니 과연 해괴한 짓을 하는지라 신하 하나를 족쳐 확고한 증거까지 잡았습니다만, 김종서란 놈과 유겸이란 작자 때문에 조선왕을 문초하지 못했습니다. 두 놈을 당장 물고를 내야 할 것입니다."

"당장 김종서란 놈을 잡아 올려라!"

교활한 주구는 사례태감을 달랬다.

"그놈을 잡아 올리면 조선왕이 글자를 다 감출 것입니다. 제가 다시 사신으로 가 현장에서 증거를 잡고 조선왕 이도를 족치는 게 좋을 것입니다."

환관들은 너나없이 글자도 글자지만 조선에서 수탈해올 재물에 잔뜩 관심이 쏠려 있었고 사례태감 역시 예외가 아니었다.

"그럼 이른 시일 내에 네가 정사를 맡아 다시 가도록 하고, 문제는 유겸인데 이놈을 어찌하면 되겠는가?"

세상에 못할 일이 없다는 사례태감이었지만 태사의 직함을 가진 유겸은 그리 만만한 상대가 아니었다. 명분 없이는 건드릴 수 없어 도열한 40여 명 환관의 얼굴을 훑으며 그의 약점을 성토해주길 바랐지만, 워낙 청렴한 인물인지라 아무도 입을 벌리는 자가 없었다. 이때 다시 주구가 나섰다.

"놈이 조선에서 데려와 수양딸로 삼은 년이 사실은 조선왕을 도와 글자를 만들던 역도입니다. 이년을 잡아 족치는 것 자체로 유겸은 죄인으로 전락할 것입니다."

"그것 참 좋은 생각이다. 그런데 그 딸년이 글자를 만들던 역도임이 분명하냐?"

"조선에 있는 소신의 수하가 그 애비가 글자 만드는 현장을 덮쳐 애비는 주살하고 딸년을 잡은 것이니 역도임이 분명합니다. 게다가 그년이 자신의 입으로 조선왕과 내통했음을 소신에게 자복하였습니다."

"잘되었다! 당장 유겸의 딸년을 잡아 발가벗기고 온몸을 인두로 지져라! 조선년들은 독종이니 일단 반쯤 죽인 후 문초를 해야 할 것이다."

사례태감은 과거 조선에서 공녀로 바친 두 여자를 떠올렸다. 바로 영락제의 빈이었던 황 씨와 한 씨였다. 황 씨는 온몸을 인두로 지졌음에도 끈질긴 생명력을 보여 결국은 목을 쳐야만 했고, 한 씨는 순장을 위해 목이 매달리는 마지막 순간까지도 자신을 따라온 유모를 조선에 보내달라고 애원하여 모두를 놀라게 했던 것이다.

"존명!"

천 명이 넘는 환관들이 황제를 대신해 정치·재정·군사·사법을 장악하고 있는 자금성에서 사례태감의 한마디는 황제의 칙령이나 다름없었다. 환관들은 모두 흐뭇해하며 사례태감에게 고개를 숙였다.

공포의 상징과도 같은 금의위 군사들은 도독의 지휘하에 유겸의 집으로 출두했다. 태감이 장관으로 있는 동창東廠 역시 사례태감의 명에 따라 유겸의 집으로 군사를 보냈다. 유겸의 집 앞은 순식간에 투구와 병장기로 발 디딜 틈 없이 채워졌다.

"유겸은 여식을 내놓으라!"

사례태감으로부터 직접 지시를 받은 금의위 도독은 기세등등하게 유겸의 집 대문을 발로 차고 고함을 질렀다. 유겸의 집을 지키는 호위병 몇 사람이 달려 나오자 금의위 군사들이 때리고 포박해버려 하인들의 공포는 극에 달했다.

"대인!"

겁에 질린 하인들은 후원으로 내달아 유겸 앞에 머리를 조아렸다. 마침 유겸은 친구를 불러 은수와 더불어 시를 짓고 있던 중이었다.

"무슨 일로 그리 허둥대느냐?"

"금의위와 동창의 군사들이 떼로 몰려들어 은수 소저를 내놓으라 합니다. 금의위 도독이 직접 왔습니다."

유겸의 안색이 돌변하며 은수에게로 눈길이 쏠렸다.

"주구의 짓이다."

유겸은 현명한 사람이라 황실에 관련된 일만 처리하는 금의위와 동창이 동시에 자신의 집에 들이닥쳤다면 은수는 핑계일 뿐이고 목표는 자신이라는 걸 즉각 깨달았다.

"황제 폐하께서 너무 휩쓸리시는구나. 언젠가 이런 날이 올 줄 알았다만, 이것이 나라를 위하는 신하의 길이니 피하지는 않겠다. 하지만 네가 끌려가 견딜 수 없는 고초를 겪게 될 것이 정녕 두렵구나."

"어차피 죽을 목숨, 이렇게까지 거두어주셨으니 더 이상 바랄 것이 없습니다. 아녀자의 몸으로 고초를 겪을 것만 경계할 뿐이니 저는 이 자리에서 자진하겠습니다. 사세가 급해 절을 올리지 못함을 용서하십시오."

급히 말을 마친 은수는 재빨리 품에서 은장도를 꺼내 팔을 높이 쳐들었다. 지위의 고하를 막론하고 무수한 충신이 금의위와 동창에 끌려가 말로 다 할 수 없는 고문을 당하며 죽어가는 걸 목격한 유겸은 은수를 말리기는커녕 고개를 돌렸다. 군사들이 들이닥치기 전 어서 결행하기를 바라는 모습이었다. 은수의 칼끝이 목에 닿으려는 순간, 곁에 앉아 있던 손님이 은수의 팔을 확 밀쳐냈다.

"잠깐!"

그는 은수의 은장도를 주워 멀리 던져버리고는 달려든 군사들 앞으로 나섰다.

"멈춰라!"

"뭣 하는 놈이냐! 죽고 싶지 않으면 비켜라!"

군사들을 비롯해 금의위 도독과 동창 사령이 갑자기 끼어든 훼방꾼에게 칼끝을 겨누었으나, 그가 입은 의복이 예사롭지 않은 데다 수많은 군사 앞에서 조금도 위축되지 않는 태도에 일순 움찔했다.

"너희가 내 앞에서 내 벗의 가솔을 연행하려는 건 나를 무시함이 아니냐! 도대체 누가 이런 짓을 한단 말이냐!"

"너는 누구냐?"

감히 금의위 도독 앞에 나서서 공무를 방해하는 자라면 당장 목을 날릴 일이지만, 워낙 당당한 사내의 태도에 도독은 상대의 신분이 궁금하지 않을 도리가 없었다.

"나는 주한기다."

주한기.

이 이름 석 자가 허공을 날아 귀에 꽂히자 도독은 갑자기 칼을 내리고 한쪽 무릎을 꿇었다. 동창 사령 역시 그 뒤를 따랐다.

"속하가 한왕 전하를 뵈옵니다."

의문의 손님 주한기는 황제의 사촌 형으로 한왕에 봉해진 인물이었다. 명을 건국한 홍무제 주원장은 친척들을 각지의 번왕藩王으로 봉하고 군사권을 주었는데, 연왕이었던 주체는 군사를 일으켜 건문제를 폐하고 영락제가 되었다. 그는 자신처럼 왕자들이 반란을 일으키는 것을 막기 위해 번왕제도를 유명무실하게 만들었지만, 황족 중 패기가 있거나 황제와 극히 가까운 친척들은 여전히 권세를 유지했고, 한왕 주한기는 그 대표적 인물이었다.

"태사의 여식을 연행하라는 건 칙령이냐?"

"그것이……."

"칙령이 아니라면 감히 그런 명령을 내릴 수 있는 자는 사례태감뿐일 터. 너희는 물러가 칙령을 받기 전에는 내 앞에서 그런 짓을 할 수 없다는 점을 사례태감에게 분명히 고하라!"

금의위 도독이나 동창 사령이나 난감하기는 마찬가지였

다. 사례태감의 권세가 하늘을 찌르는 건 틀림없는 사실이었지만 한왕은 유일하게 사례태감을 누를 수 있는 사람이었다. 황족들 간에 신뢰가 두터운 데다 문무에 뛰어나고 천하의 인재들과 교류가 넓어 황제조차도 함부로 하지 못한다는 건 두 지휘관도 잘 아는 터였다. 그들은 얼른 군사를 물려 집 주변에 대기시킨 후 사례태감의 지시를 받기 위해 사람을 보냈다.

"주야장천 황제와 같이 먹고 자고 여색을 탐하는 환관이 자금성 안에만 천 명을 넘겼으니 이 나라의 미래가 불을 보듯 뻔하네. 내가 잠시 놈들을 물렸으나 한번 뺀 칼을 도로 넣을 리 없는 놈들이야. 자네는 태사라 피할 수 없겠지만 이 영특한 따님은 얼른 대피시키게."

"고맙네, 한왕."

시간이 없는지라 유겸은 은수를 힘껏 끌어안은 후 얼른 하인을 불러 후문으로 도피시켰다. 은수가 황망 중에도 큰절로 유겸에게 작별을 고하고 한왕에게도 큰절을 올리자 한왕은 품속에 지니고 있던 금편을 모두 꺼내 은수의 손에 쥐여주었다.

베네딕토 수도회

한왕의 개입으로 기적처럼 살아났지만 사례태감의 단호한 지시를 받은 금의위와 동창의 군사를 피한다는 것은 불가능한 일이었다. 금의위와 동창이 북경의 사대문을 모두 막아버리자 유겸 집안의 충직한 하인은 은수를 사대문 안의 친척 집에 맡겼다. 하지만 유겸이 금의위에 붙들려 가자 친척은 태도를 바꿔 은수를 밀고하려는 낌새를 보였다. '조선 처녀'를 신고하지 않으면 처형한다고 관원들이 외치고 다니기 때문이었다. 은수는 금편 하나를 놓고 도망치듯 집을 빠져나왔다.

"소저 말씨가 왜 그래? 여기 사람이 아닌가?"

그동안 어깨너머로 배운 은수의 서투른 중국어는 어딜 가나 사람들의 주의를 끌었다. 잠시 벙어리 행세도 해보았지만 그것도 쉬운 일이 아니었다. 혼잣몸이라는 게 탄로 날 때마다 사내들은 은수를 겁탈하려 들었고, 은수는 고함을 지르지 않을 수 없었다. 그러다 보니 자연히 정체가 드러나 더 쉽게 표적이 되곤 했다.

"동창 놈들이 태사 유겸을 고문해 죽였다는군."

유겸이라는 이름이 귀에 꽂히는 순간, 은수는 자신도 모르게 차방 손님을 빤히 쳐다보며 서툰 중국어로 물었다.

"누가 죽어요?"

"태사 유겸. 황제의 스승 유겸 어른 말이다."

"아아!"

곧 울음을 터뜨리는 은수를 보고 차방의 손님들이 수군거렸고, 그중 두 사내가 귓속말을 주고받더니 자리에서 일어나 은수에게로 다가왔다.

"태사가 죽었는데 소저가 왜 그리 서럽게 울지?"

은수는 이제 더 이상 둘러대기도 싫어 묵묵히 앞만 보고 앉아 있었다.

"이년! 네가 금의위에서 찾는 유겸의 딸년이지. 조선 여자라면서!"

두 사내는 은수가 초연한 표정으로 앞만 바라보고 있자 양쪽에서 은수의 팔을 틀어쥐었다.

"일어나, 이년아!"

관아에서 내건 현상금에 눈이 먼 사내들은 은수의 양팔을 거칠게 틀어잡고 차방을 나섰다. 숨죽인 채 이 광경을 보고만 있던 손님 중 누군가의 목에서 쉰 소리가 새어 나왔다.

"놔라!"

사내들이 힐끗 쳐다보고는 험한 욕설과 함께 그를 밀치고 나가려는데 또 한 사람의 목소리가 뒤를 이었고, 이내 한 사람 두 사람 가담해 종내는 손님들 모두가 목소리를 모아 외쳐댔다.

"놔줘!"

처음 쉰 소리를 내던 노인이 일어나 허공에 삿대질을 하며 고래고래 악을 썼다.

"보내줘, 이 나쁜 놈들아! 네놈들은 유겸 어른이 충신 중의 충신이란 걸 모르느냐? 천벌을 받을 놈들! 상금에 눈이 멀어 충신의 여식을 넘기겠다니!"

누군가의 질타가 이어졌다.

"이 동창의 개들아! 어서 소저를 놓아주지 못하겠느냐?"

차방 안의 손님들이 격분해 이구동성으로 외쳐대자 두 사내는 얼른 은수를 끌어내려 했다. 그러자 손님들이 우르르 일어나 은수를 잡아챘다.

"소저, 어서 도망가. 이놈들은 우리가 잡고 있을 테니."

은수는 퍼뜩 정신이 들었다. 삶을 포기하려던 찰나에 힘없는 백성들이 보여준 따뜻한 마음과 불의에 맞서는 정신이 은수의 머리를 천둥처럼 꽝 때려오는 것이었다. 은수는 말없이 그들과 일일이 눈을 맞춘 후 사내들의 팔을 뿌리치고 내달렸다.

우지직!

누군가 은수를 잡아채려는 사내의 얼굴을 머리로 들이받아 코뼈가 부러지는 소리가 들렸고, 이어 또 한 사내의 비명이 울려 퍼졌다.

급히 차방을 나왔으나 은수는 어디로 방향을 잡아야 할지 알 수 없었다. 사실 갈 곳이 없으니 방향을 잡을 수도 없었다.

"이리 와."

고함을 치던 노인이 차방에서 뛰어나와 앞장서서 길을 텄다. 그는 길을 잘 아는 동네 사람인 듯 일단의 관원들이 눈에 띄자 얼른 옆길로 숨어들었다가 이리저리 골목을 돌아 자신의 집에 이르렀다.

"내일 오전까지 내 집에 숨었다가 내 아는 스님께로 가자. 당분간 거기 몸을 숨겼다 잠잠해지면 네 나라로 돌아가

거라.”

“저 때문에 후환을 당하시면…….”

“오랫동안 유겸 어른을 흠모했다. 내게 이런 기회가 생겨 기쁘기만 하다.”

은수는 문득 상감을 떠올렸다. 상감은 바로 이런 사람들을 위해 글을 만들어주려 애쓰시는 게 아닌가. 갑자기 까닭 모를 눈물방울이 맺히면서 은수는 자신이 어리석었다는 걸 깨달았다. 자신이 붙잡히면 기어이 상감을 핍박하고 새 글을 없애는 데 이용될 것임을 예감할 수 있었다.

은수는 어떻게든 잡히지 않아야겠다고 다짐하며 노인이 마련해준 마루 밑 짚단 위에 고단한 몸을 뉘었다.

탕탕탕탕!

얼핏 잠이 들었을까 할 무렵 은수는 요란하게 문을 두드리는 소리에 잠이 깼다.

“누구요?”

노인의 목소리가 들리나 싶더니 이내 비명과 함께 방을 뒤지는 거친 발걸음 소리가 들렸다. 잠시 후 쾅 하고 문이 닫히는 소리가 나고는 한참 동안 아무 소리도 들리지 않았다. 은수는 노인의 가족이 모두 잡혀갔다는 사실을 깨닫고는 짚단 위에서 소리 없이 흐느꼈다.

다음 날 오후가 되어서야 마루 밑에서 빠져나온 은수는 골목에 몸을 숨기면서 큰길로 나섰다.

"흐흡!"

은수는 훅 하고 코를 스치는 피비린내와 함께 눈앞에 펼쳐진 잔혹한 광경에 놀란 나머지 그 자리에 주저앉을 뻔했다. 핏물이 흥건한 길바닥 위에 수백 개의 목이 나뒹굴고 있었다. 온 동네 사람이 몰살당한 것이었다. 은수는 간신히 정신을 수습하고 얼른 골목으로 숨어들었으나 길 어귀마다 숨어 주시하고 있던 관원들이 후다닥 은수의 뒤를 쫓았다.

"게 서랏!"

다행히 골목이 여러 갈래로 구불구불하여 은수는 간신히 관원들을 따돌렸으나 부지불식간에 큰길로 나서게 되었다. 은수가 나타났다는 소식에 금의위와 동창은 말할 것도 없고 온 북경의 관원들이 죄다 몰려들어 몇 걸음만 움직여도 누군가의 눈에 띌 수밖에 없었다. 관원들은 금세 은수를 발견하고 소리쳤다.

"게 섰거라!"

그러나 은수는 관원의 외침을 듣지 못한 듯 태연히 수십 발자국을 옮겼다. 그러고는 십자로에 이르자 갑자기 왼쪽으로 방향을 튼 후 힘껏 뛰었다. 은수의 태연한 걸음걸이에 방심했던 관원들은 은수가 방향을 꺾자 고함을 지르며 내달리기 시작했다.

"아아!"

관원들의 뜀박질 소리가 점점 가까워지는 걸 느낀 은수는 절망했다. 골목길이 보였지만 이미 너무 지친 나머지 두 다리가 말을 듣지 않아 속도를 낼 수도 없었다. 설사 골목 안으로 들어간다 하더라도 맹렬한 기세로 뒤따라오는 관원들로부터 벗어난다는 건 기대할 수 없었다.

허리를 숙인 채 쿵쾅거리는 심장을 부여잡고 숨을 헐떡이던 은수가 이제 모든 것이 끝났다고 자포자기하는 순간 맞은편에서 다가오는 마차 한 대가 눈에 들어왔다. 전후좌우를 생각할 겨를도 없이 은수는 마지막 힘을 다해 마차 뒤로 뛰어가 차양을 홱 젖히고는 몸을 던졌다.

"프래도(Praedo, 강도)!"

노랑머리에 검정색 도포를 입은 남자와 중국인 한 사람이 마차 안에 앉아 있다 발아래로 뛰어든 은수를 보고 놀라 소리를 질렀다.

"도와줘요!"

은수의 애절한 외침에 검은 도포를 입은 남자가 열십자 모양이 그려진 차양을 재빨리 내렸다.

"관원에 쫓기는 사람 같아요. 우리 베네딕토 수도회는 중국의 관청과 대립해서는 안 됩니다."

중국인이 마차를 세우려 하자 검은 도포를 입은 남자가 팔을 뻗어 제지했다.

"성모께서 역사하셨소."

그는 안절부절못하는 중국인을 아랑곳하지 않고 은수에게 커다란 손을 내밀었다.

그 짧은 사이에 무슨 일이 벌어졌는지 꿈에도 모른 채 눈에 보이는 골목길로 은수를 뒤쫓아온 관원들은 한순간에 연기처럼 사라져버린 은수를 찾느라 우왕좌왕하다 욕설을 내뱉으며 다른 골목길로 뛰어들어갔다.

마찬가지로 마차 안에서 일어난 일을 전혀 알지 못하는 마부는 무심하게 고삐를 당겼다 늦추었다 하며 마차를 가톨릭 북경교구청 앞에 멈추었다.

"어떤 연유로 관원에게 쫓긴 건가요?"

노랑머리에 검은 옷! 은수는 예전에 할아버지에게서 들었던 바로 그 사람들과 마주 보고 앉아 있다는 사실이 놀라웠다. 마치 할아버지의 보이지 않는 손에 이끌려 과거의 어느 한순간으로 뛰어든 것 같은 기분이 들면서 왠지 온 사방이 적들로 둘러싸인 이 고립무원의 땅에서 이 이상한 모습을 한 사람이 자신을 지켜주리라는 기대감이 생겨났다.

"저는 조선에서 왔습니다."

은수는 필담으로 통역에게 자신이 중국에 오게 된 경위를 사실대로 설명했다. 은수의 얘기를 다 듣고 난 신부는 눈을 감고 양손을 모은 채 기도를 시작했다.

"성모님께서 저희에게 인도하신 이 가엾은 여인을 저희가 보살피게 하여 주옵소서. 그녀는 자신의 나라에서도 여기 남의 나라에서도 평화를 얻을 수 없었습니다. 오직 성모께서 인도하시는 곳에서 안식을 얻을 뿐입니다. 부디 은혜를 베푸시어 이 여인을 구원하여 주소서. 아멘!"

생애 처음 들어본 기도가 끝나고 여섯 달 후, 은수는 임기를 마치고 로마로 돌아가는 두 사람의 신부와 함께 북경을 떠났다.

모음을 위조하는 자들

"인간을 제외한 모든 생명체는 본능에 의해서만 살아간다네. 인간 역시 마찬가지야. 하지만 인간이 다른 생명체와 다른 건 본능 바깥의 영역, 즉 비본능의 세계를 발견했기 때문이지. 인간은 본능이 요구하더라도 그게 옳지 않다 판단되면 본능을 억누르네. 이것이 이성이야. 생각해보게, 이성이란 얼마나 위대한가."

두 사람의 신부와 북경을 떠난 은수는 바티칸에 도착하기까지 약 2년 동안 라틴어를 완벽하게 익혔지만, 눈앞의 이 노인이 쏟아내는 말에는 신부들에게서 들을 수 없었던 단어가 담겨 있었다.

"창조주이신 하느님은 인간에게 모든 걸 베푸셨소. 하느님의 세계 안에서 평화를 누리고, 하느님의 권능을 믿고 복음을 전파하는 것이 인간으로서의 최고 행복이자 삶의 의미요."

　검은 사제복을 입은 재판관은 한때 자신의 스승이었던 죄수를 향해 준엄한 일성을 내질렀다. 이에 대해 노인은 비록 낮은 목소리였지만 조금도 지지 않고 얘기를 이어나갔다.

　"그래서 인간은 여느 생명체들과 달라. 이성으로 본능을 극복하여 이기심을 넘어선 이타심의 영역에 이르게 된 거야. 내가 하는 이 일은 힘들고 손해보고 심지어 희생도 따르는 일이지만, 그것으로 인해 누군가가 행복해진다면 나는 기꺼이 그 일을 하겠네. 아름답지 않은가, 인간이란 존재가?"

　비록 모진 고문으로 온몸이 만신창이가 되었으나 노인은 자신의 말에 희열을 느끼며 목소리를 한껏 높였다.

　"어째서 하느님을 위해 봉사하지 않고 인간에게 봉사한단 말이오? 어째서 하느님을 기쁘게 해드리지 않고 인간을 기쁘게 하겠다는 거요? 그들은 미개하고 추하며 악마에게 휘둘리는 자들인데. 거룩하고 전지전능하며 모든 것을 주관하시는 하느님께 영광을 돌려야만 하느님이 받아들이시고 천국의 문을 열어 비로소 행복해진다는 걸 당신은 어찌 모른단 말이오?"

　"행복이 무엇인가? 본능을 잘 채우는 게 행복 아닌가? 식욕과 물욕과 성욕과 출세욕 같은 걸 잘 채우면 그게 행복이야. 벌레나 짐승의 삶이라면 행복한 삶이 최고의 목표겠지. 하지만 인간에게는 행복이 최고의 목표가 아니야. 인간은 때때로 행복보다 불행을 택하기도 해. 그게 더 의미가 있다면."

"당신은 천국에 가고 싶지 않다는 겁니까?"

"아무것도 묻지 않고 아무것도 생각하지 않으며 오로지 하느님이 하라는 대로 할 테니 천국에만 보내주십시오, 하는 건 얼마나 천박한가. 교황이 침을 튀기며 팔아대는 면죄부를 사는 건 또 얼마나 부끄러운 일인가. 모두 위대한 인간 지성을 모독하는 기만이자 역사의 오류일 뿐이야."

분노한 재판장은 벌떡 일어났다.

"한 마디로 대답하시오. 당신은 나의 스승이었고, 한때는 모두가 우러러보는 사제였던 점을 고려하여 선택의 기회를 주겠소. 지금 이 자리에서 하느님을 믿는다 고백하면 풀어주겠소. 아니면 즉각 화형에 처할 수밖에 없소."

"나는 믿지 않네."

죽음을 택하는 노인의 평온한 목소리는 고요하다 못해 적막한 재판정의 후미진 구석까지 파고들었으나, 그의 말을 들을 수 있는 사람은 재판장과 베르나스 신부 그리고 은수뿐이었다. 노인의 이단사상이 새나갈 것을 두려워한 나머지 재판정을 공개하지 않았기 때문이다.

"아!"

은수는 쇠망치로 머리를 때리는 듯한 충격에 사로잡혀 한동안 아무 생각도 할 수 없었다. 재판장에 대항해 조금도 기죽지 않고 대들던 모습도 인상적이었지만, 마지막 순간에 스스로 죽음을 택하는 모습은 감당할 수 없는 감동을 몰고 왔다.

"당신의 영혼 속에는 악마가 깃들어 도저히 구제할 수 없는 지경에 이르렀소. 당신과 같은 이단자의 영혼을 정화하기 위해 본 재판관은 하느님을 대신하여 그대를 화형에 처하겠소."

그의 말이 끝남과 동시에 대기하고 있던 형리들이 달려들어 끌고 나가자 재판정 문 앞에서 판결의 순간만을 기다리던 수많은 사람들은 해방된 듯 일제히 함성을 지르고 박수를 쳤다.

이윽고 재판정 앞 광장에 노인을 묶은 거대한 기둥이 세워지고, 그의 발밑에서는 수북이 쌓아올린 장작에 불이 활활 타오르기 시작했다. 노인은 불기둥에 휩싸이면서도 평정심을 잃지 않고 어느새 모여든 수천 명의 군중을 향해 외쳤다.

"신이 아니다. 인간을 모셔라!"

그러나 노인의 외침은 극단적 고통의 단말마로 변했다가

차츰 잦아들었다. 시꺼멓게 그을린 시신 밑에서 탁탁 장작 타는 소리만이 기괴하게 광장을 울릴 뿐이었다.

은수는 조선에서도 이렇게 끔찍하게 사람을 죽이는 모습은 본 적이 없었다. 하물며 이 노인이 왜 화형을 당해야 하는지 아무것도 모르는 여인들과 장정들, 심지어 어린아이들까지 환각에 빠진 듯 춤을 추고 소리를 지르는가 하면, 하늘에 닿을 듯 타오르는 불길도 성에 차지 않는다는 듯 짚단을 던져 넣는 것을 보면서 은수는 몸서리를 쳤다.

"알리키아!"

중국에서 은수를 구해 로마까지 동행한 베르나스 신부는 사형장을 빠져나오는 재판장 알리키아 주교를 뜨겁게 끌어 안았다.

"베르나스, 돌아왔군! 이게 얼마 만인가! 7년, 아니 8년?"

"그간 자네는 주교가 되었군."

"과분하네."

"이 아름다운 여성은 코리에서 오신 분이야. 나와는 중국에서 만나 2년간이나 멀고 먼 길을 걸어왔네. 천산산맥을 따라 끝없는 눈길을 걸었고, 붉은 태양이 작열하는 타클라마칸 사막을 건넜네. 죽음의 고비를 숱하게 넘겼지."

"주님의 은총일세."

주교가 눈을 감고 기도를 올리자 베르나스 신부 역시 두 손을 모았고 은수도 눈을 감았다. 두 사람의 신부와 같이 여행하며 무수한 위기를 겪는 동안 수만 번도 넘는 기도를 올렸었다. 처음에는 기도가 어색하기만 했던 은수도 칠성님께라도 기도하지 않을 수 없는 환경이다 보니 자연스레 동화되어 이제 겉으로는 거의 가톨릭 신자가 되어 있었다.

"요안네스는 당분간 로마에 있을 거야. 어디 일할 데가 있는지 자네가 알아봤으면 좋겠네."

은수의 성 '양'이 성자 요한과 비슷하게 발음되는 점에 착안해 베르나스 신부는 은수를 요안네스라 불렀다. 사실 이것은 남자의 이름이었다. 하지만 이 이름은 매우 유용했던 바, 중국에서 출발해 2년간의 긴 여행을 하는 동안 험한 곳을 지날 때마다 은수는 소년으로 변장해야만 했던 것이다.

"마침 감옥에서 봉사하던 성도가 그만두었네. 거기도 괜찮을까? 위험한 일은 없네만."

베르나스 신부가 은수를 쳐다보자 은수는 고개를 끄덕였다.

일하던 사람이 그만두었기 때문에 은수는 바로 다음 날부터 감옥에서 봉사하기 시작했다. 바로 하루 전에 보았던 재판의 충격이 여전히 머릿속을 꽉 채우고 있어서 감옥의 죄수를 보는 은수의 눈길은 그리 편치 못했다.

조선에서 재판이란 원님이 '네 죄를 알렷다' 하며 곤장을 치거나 주리를 틀기 시작하면 없는 죄도 불어댈 수밖에 없는 형국인지라, 재판이 사실을 있는 그대로 밝혀내기보다는 오히려 사실을 덮는 수단으로 전락한 지 오래였다. 재판이란 으레 그런 거라고 생각했던 은수의 뇌리에 재판장을 꾸짖으며 천국을 거부하고 죽음을 택하던 노인의 모습은 내내 잊히지 않았다.

죽음을 선택하는 그의 자세 못지않게 충격적이었던 것은 그의 논리였다. 행복을 추구하는 것이 인간의 최종 목표가 아니라는 말은 태어나 처음 들어보는 얘기였다. 학문이라고는 오로지 사서삼경이 전부인 조선에 비하면 이 새로운 세계는 얼마나 거대한가. 그런 생각을 하자 은수는 자신의 뿌리가 흔들리는 것 같은 느낌이 들었다.

은수는 감옥에서 일하면서 끊임없이 죄수들을 관찰했고, 어느 순간부터인가 죄수들과 교감하며 그들의 이야기에 귀를 기울였다.

"나는 죄 없어. 아무 죄도 없단 말이야!"

사형수들은 너나없이 죄를 부인했지만 단 하나의 예외도 없이 무지막지한 간수들에게 끌려 나가 사형에 처해졌다. 은수에게는 사형수의 얘기를 들어주는 일이 가장 힘들고 어려웠다. 그 억울함을 이해한다는 표정으로, 혹은 결백을 확신한다는 듯 고개를 끄덕이며 얘기를 들어주고는 있었지만, 머릿속으로는 목이 매달리는 광경이 상상되어 견딜 수 없이 고통스러웠다. 이제 곧 죽을 사람들의 이야기가 아닌가.

"요안네스는 아무 일도 하지 말라. 다만 모든 사형수의 얘기를 들어주어라."

감옥소장은 사제들을 포함해 사형수의 얘기를 들어주는 여러 사람 중 은수에게 사형수들이 몰리자 유례없는 지시를 내렸다.

세간에는 종교재판이 잔혹하기 그지없고 걸리면 무조건 죽음이라는 낭설이 돌고 있었지만, 사실 종교재판은 지나치게 과장되어 있었다. 이단에 대해 가혹한 고문이 가해지긴 했으나 종교재판은 오히려 질문과 대답이 진지해 사형에 처해지는 피고의 수는 극히 적었다. 하지만 힘없고 가난한 사람들이 피고의 대부분을 차지하는 일반 법정은 재판정에 서면 무수한 사형선고가 내려졌기 때문에 로마 감옥에는 사형수가 넘치는 형편이었다.

은수는 어떠한 내색도 하지 않고 사형수를 한번 맡으면 죽기 직전까지 긴 시간 동안 온 마음을 다해 얘기를 들어주었다. 그러자 죄수들 사이에서 은수가 성녀라는 소문이 퍼지기 시작했다.

"이것은 바람직하지 않소. 저 흉악한 놈들이 요안네스에게 얘기를 들어달라 조르는 건 생리적 배설이오. 못된 놈들 중에는 구멍을 통해 요안네스와 얘기를 나누면서 문 뒤에서 수음을 하는 놈도 있소. 요안네스는 이제 겨우 열아홉 살이오. 더구나 우리가 알 수 없는 먼 곳에서 온 그녀에게 지나친 희생을 강요하는 건 옳지 않소."

감옥을 순방한 알리키아 주교는 당장 은수가 맡은 일을 중단시키려 했으나 감옥소장의 호소는 간절했다.

"모든 사고가 눈에 확 띄게 줄었습니다. 사형수뿐만 아니라 일반 죄수들도 무척 온순해지고 행복해합니다. 요안네스는 정말 성녀입니다. 계속 이 일을 하게 해주십시오."

주교는 은수를 불러 생각을 물었다.

"여기엔 저를 진정 필요로 하는 사람들이 있고 저 역시 배우는 게 많습니다."

"요안네스, 언제라도 그만두고 싶으면 내게 얘기해요."

은수는 자신을 필요로 하는 사람들이 있다는 게 큰 행복임

을 느끼며 하루하루 더욱 진지하게 사형수들의 얘기를 들어
주었다.

로마의 감옥에는 사람을 죽여 사형 판결을 받는 이들도 있
었지만, 사람을 다치게 하더라도 결국 죽음에 이르면 '눈에
는 눈, 이에는 이' 원칙에 따라 살인과 같은 사형 판결을 받
기 때문에 사형수가 넘쳤다. 사형수 중에는 오래 이야기를
나누는 동안 정이 들어버린 사람이 몇몇 있었다. 파두스라는
부유한 집안의 청년도 그중 하나였다.

"요안네스, 그간 고마웠어요. 나는 내일 이 방을 떠나요."

"알아요."

은수는 억지로 감정을 숨기며 밝은 얼굴로 파두스의 앞날
을 빌었다.

"목이 매달리는 순간 끔찍이 고통스럽겠죠."

"그런 생각 말고 즐거웠던 일들만 생각해요. 오래전에 헤
어진 보고 싶은 사람들을 만난다 생각하고요."

진심을 담아 이렇게 말하며 은수는 시신도 제대로 수습하
지 못한 아버지를 떠올렸다.

"요안네스, 저세상에 가서도 난 그대를 잊지 못할 거예요."

"당신이 그런 끔찍한 살인을 저질렀다는 게 도저히 믿어지
지 않아요."

"요안네스, 부탁이 있어요."

"뭔가요?"

"반드시 들어준다고 승낙해야만 말할 거예요."

"말해봐요."

"들어줄 건가요?"

은수는 잠시 생각하다 대답했다.

"네."

"나와 결혼해줄래요?"

"……."

은수는 대답하지 않았다. 성심을 다해 어려운 사람들을 돕고 있지만, 순수라는 본연의 영역을 내주고 싶지는 않았다. 은수의 뇌리에 불현듯 상감의 모습이 떠올랐다. 첫 잔을 자신이 아닌 낭군에게 따라주라며 자신을 존중해주었던 상감. 은수는 말없이 몸을 일으켰다.

"하하하하!"

의미를 알 수 없는 파두스의 커다란 웃음소리를 떨치며 은수는 종종걸음으로 그 자리를 떠났다. 하지만 이상하게도 불쾌한 기분은 오래도록 사라지지 않았다.

사형수는 대부분 심하게 위축되어 죽는 순간까지 한마디 말도 없는 경우가 많았지만, 드물게 한 번씩은 파두스처럼 쾌활한 경우가 있었다. 그런 모습에서 은수는 위안을 받기도 했지만 이상하게도 이들과 마지막 대화를 마치고 나면 마음이 꺼림칙했다.

가벼운 것 하나도 함부로 지나치지 않는 성품인 은수는 그 이유를 계속 생각하다 문득 하나의 공통점을 발견했다. 그것은 마지막까지 쾌활하고 석연치 않은 느낌을 주었던 사람들이 모두 부자라는 사실이었다.

"세상을 떠나는 마지막 순간에도 부자라는 조건이 작용하는 걸까……."

은수는 기억나는 대로 그런 사람들의 이름을 하나씩 떠올려보았다.

벤투라, 파두스, 안젤루스, 시라쿠스.

모두 부자였고, 마지막 순간까지 쾌활하고 자신만만했던 사람들이었다. 무엇보다도 자신에게 불쾌한 인상을 강하게 심어준 사람들이었다. 은수는 자신이 왜 이들에 대해 불쾌한 인상을 가지게 되었는지 생각을 더듬어나갔다.

'모두 건성으로 구원을 입에 올렸던 사람들이구나.'

은수는 기본적으로 곧 세상을 떠나게 될 사형수들을 측은하게 생각했고, 따라서 대화의 초점을 위로와 안식과 평화에 맞추었다. 많은 사형수들이 이런 대화에서 그나마 위안을 얻고 죽음을 맞이했지만, 그들은 전혀 그렇지 않았다는 사실이 은수의 머리를 짓눌렀다.

은수는 기억을 되살려 그들과 나눈 대화의 내용을 하나하나 따져보았다. 연애감정과 쾌락과 유희가 대화의 주류였다는 판단은 이내 의혹으로 이어졌다. 한두 사람도 아니고 많은 사람에게서 그러한 공통점을 발견하자 은수는 잠을 이룰 수 없었다.

몇 번이나 이들의 모습과 마지막 대화를 떠올리던 은수는 무언가 이상하다는 걸 확연히 느꼈다. 은수는 무심코 이들의 이름을 써보았다. 이름에서 한 가지 공통점이 발견되었는데 그것은 모음 'U'였다.

"U는 천국을 약속받은 이름인가?"

그러나 은수는 고개를 가로저었다. 이름에 U가 있는 수많은 사람들이 신음하고 울고 비명을 지르며 마지막 순간을 맞이하던 광경이 또렷하게 떠올랐다.

'혹시!'

문득 괴상하기 짝이 없는 생각이 은수의 뇌리를 스쳤다. 너무나 이상한 생각이라 지워버리려 했지만 한번 떠오른 생각은 잊으려 할수록 점점 더 또렷해졌다. 보통 사람들과는 너무도 달랐던 이들의 태도, 그리고 공통적으로 가지고 있던 이름의 모음 U.

다음 날 아침 감옥에 간 은수는 이들의 사형집행 사실을 일일이 확인했다. 예상과는 달리 한 사람도 빠짐없이 삼중 사중으로 사형집행 사실이 확인되었고, 유족이 시신을 인수해간 사실도 제대로 기록되어 있었다.

은수는 속으로 실소했다. 공연히 사람을 의심했다는 자책과 더불어 목적을 상실한 뒤의 허탈감이 엄습했기 때문이었다. 도대체 무엇을 위해 자신은 이들을 의심했을까. 설혹 자신의 엉뚱한 상상대로 이들이 사형당하지 않고 살아 있다면 같이 기뻐해줄 일이 아닌가.

그러나 다음 순간 은수는 세차게 고개를 가로저었다. 이들이 살려면 만족시켜야 할 하나의 조건이 있었다. 그 조건이란 자기 대신 누군가를 사형장에 보내는 또 다른 극악한 범죄의 완성이었다. 참으로 기막힌 일이 아닐 수 없었다. 그저 기뻐해주거나 가만있을 수 있는 일이 아니었다. 은수는 알리키아 주교를 찾아갔다.

"주교님, 감옥에서 누구도 모르는 사이 놀라운 범죄가 이어지고 있는 것 같습니다."

"범죄라면?"

"사형수들이 빠져나가고 누군가 대신 처형당하고 있는 듯

합니다."

"그럴 리가? 그건 불가능해요. 감옥에서 사형을 집행하긴 하지만 시에서도 확인하고 재판소에서도 확인해요."

교황이 정치와 사법을 관장하는 로마에서는 재판과 형의 집행에 사제들이 관여해 감옥의 관리감독 또한 알리키아 주교의 일이었다.

"알고 있습니다. 확인서들은 저도 보았습니다. 서류상으로는 아무 문제가 없습니다. 하지만 사람을 바꿔치기하고 있을지도 모릅니다."

"바꿔치기? 어떻게 바꿔친다는 거지요?"

"추측입니다만, 안젤루스가 사형수일 경우 누군가 사형집행 명령서의 안젤루스라는 이름에서 U자의 위쪽을 동그랗게 이어줍니다. 그러면 O가 되어 안젤루스 대신 안젤로스가 형장으로 끌려가 죽습니다. 하지만 사형을 집행했다는 확인서에는 안젤루스라는 이름이 그대로 남아 있기 때문에 안젤루스는 죽은 것으로 기록됩니다. 그 후 안젤루스는 안젤로스를 대신하다 감옥을 나가는 것입니다."

"그게 정말이오?"

"아직 확인을 한 건 아니지만 이런 식으로 범죄가 이루어졌을 가능성이 큽니다. 감옥에는 이름이 비슷한 사람들이 너무 많으니까요."

"당장 가봅시다."

주교는 사람들을 불러 감옥으로 마차를 달렸고, 도착하자 마자 바로 감옥소장을 찾았다.

"최근 한 달 사이 사형당한 사람들의 사형집행 명령서와 사형집행 확인서를 가져오시오."

감옥소장은 뜻밖의 요구에 당황했으나 주교의 지시를 거역할 수 없었다. 두꺼운 양피지에 또박또박 이름이 쓰여 절대로 잘못될 리 없으련만, 놀라운 사실이 주교의 눈앞에서 드러나고 말았다.

"이럴 수가!"

경악한 주교는 소리 내어 사형집행 명령서에 적힌 이름을 읽었다.

"벤토라, 파도스, 안젤로스, 시라코스."

모두 이름에 모음 O가 들어가 있었다. 다음으로 주교가 사형집행 확인서에 쓰인 이름을 읽는 순간 사람들의 입에서 일제히 헉 소리가 튀어나왔다.

"벤투라, 파두스, 안젤루스, 시라쿠스."

의혹을 제기하면서도 반신반의했던 은수는 자신의 예감이 적중하자 전율했다. 파두스를 비롯해 이상하게 불쾌한 느낌을 주었던 사형수들 대신 그들과 비슷한 이름이면서 모음 O를 가진 사람들이 죄다 사형을 당했던 것이다.

감옥은 발칵 뒤집혔고 시장은 대대적인 조사를 명했다. 그 결과 수많은 서기들의 범죄가 세상에 드러나고야 말았다. 심지어는 밖에서 대신 사형당할 사람을 사온 경우도 적잖이 드러나 충격을 던졌다.

은수는 이런 바꿔치기가 가능한 건 이름의 종류가 너무 적은 데서 기인한다고 생각했다. 로마 사람들은 성이 없었다. 그리고 이름은 예외 없이 자신이 태어난 곳이나 사는 곳, 혹은 영주나 유명한 사람들의 이름을 따르기 때문에 같거나 비슷한 경우가 부지기수였다.

은수는 안젤로스, 안젤루스, 안젤로, 안젤라, 안젤레스 등의 이름을 구분하는 차이가 오직 모음 하나뿐이라는 사실을 깨닫고는 고개를 가로저었다. 이래서는 서기들의 작은 실수로도 사형수가 뒤바뀔 수 있고, 누구라도 나쁜 마음을 먹는다면 이런 범죄는 수도 없이 거듭될 터였다.

위대한 기적

이탈리아 중부를 흐르는 테베레강은 로마에 접어들면서 구불구불 똬리를 틀었고, 그 강변에는 숱한 전설이 생겨났다. 로마 건국신화에 나오는 로물루스와 레무스 형제가 버려진 곳도 테베레강이었다. 한가하게 흐르는 강 유역에 높고 낮은 언덕들이 있었는데, '점치는 언덕'이란 뜻의 바티카누스(Vaticanus)에서 유래한 바티칸 궁전이 그곳에 자리하고 있었다.

알리키아 주교로부터 감옥에서 벌어진 일에 대해 전해들은 교황은 사형수 바꿔치기를 알아낸 은수를 바티칸으로 불러들였다. 바티칸의 성벽 안으로 들어선 은수는 눈앞에 펼쳐진 완전히 새로운 세상에 긴장하며 마음속에 잔잔한 파문이 이는 것을 느꼈다.

은수는 북경을 떠나 이곳 로마에 당도하기까지 물 한 방울 없는 사막, 혹독한 추위와 더위로 생명을 부지하기조차 어려운 황폐한 지역도 만났고, 상상도 하지 못한 아름다운 궁전에서 산해진미를 먹으며 살아가는 백성들이 있는 나라도 보았다. 그러나 이 모든 것을 뛰어넘는 곳이 로마였다.

로마는 지금까지 은수가 보았던 모든 자연과 문명을 뛰어넘는 곳이었다. 사시사철 축복처럼 내리는 황홀한 태양빛과 투명한 쪽빛으로 춤추는 바다, 씨를 뿌리지 않아도 갖가지 초목과 꽃들이 최상의 아름다움을 뽐내는 비옥한 들판에서 사람들이 최고의 문명과 풍요를 누리고 있었다.

이 무렵 로마는 어려운 시기를 겪은 뒤였다. 아비뇽 유수로 70년 넘게 교황이 로마를 떠나 있다가 1377년 그레고리오 11세가 귀환함으로써 유수를 끝내기는 했지만 제2, 제3의 대립교황이 세워지는 등 교황청의 분열로 로마는 황폐해질 대로 황폐해졌다. 콘스탄츠 공의회에서 궁색하게나마 기독교계의 단일화를 성사시키고 난 뒤 이제 로마는 제2의 부흥기를 향해 기지개를 켜고 있었다.

로마 출신의 교황 마르티노 5세는 무너졌던 궁전과 성당들을 복구했고, 특히 이민족의 침략으로 파괴된 수도교를 재건했다. 그동안 로마 시민들은 녹물이 나오는 우물과 물탱크에 의존했고 가난한 사람들은 누런 테베레 강물을 길어다 먹으며 자존심에 큰 상처를 입었는데, 마르티노 5세가 아쿠아비르고 수도교를 복구하고 트레비에 수도시설을 만든 것이었다. 그리고 그의 뒤를 이은 교황 에우제니오 4세는 바티칸 성은 물론이고 로마시 전체를 대대적으로 개보수하는 공사를 벌여 로마 시민들에게 옛 시절의 풍요를 되찾아주었다.

이러한 로마에서도 최고로 성스러운 장소, 서양 세계의 최고 지배자인 교황이 머무는 곳이 바티칸 궁전이었다. 은수가 교황청의 허락을 받아 첫발을 들인 바티칸 성벽 안은 늘 왁자지껄한 바깥세상과 달리 한없이 고요해서 절로 경건한 마음이 들었다.

앞서가는 알리키아 주교의 어깨 너머로 열린 성문을 통해 은수의 눈에 가장 먼저 들어온 것은 확장공사 중인 성 바오로 대성당이었다. 하늘에 닿을 듯 어마어마한 높이에 엄청나게 큰 바윗덩어리들이 줄에 매달린 채 올라가고 있었다. 마치 새장처럼 생긴 상자 안에서 두 사내가 커다란 둥근 손잡이 두 개를 쉬지 않고 돌리고 있었는데, 거기에 연결된 바퀴들이 움직이며 그 힘으로 바위를 꼭대기로 밀어 올렸다. 웃통을 벗은 사내들의 몸이 땀으로 번들거렸지만, 기와집 하나 짓는 데도 등짐을 수천 번 져야 하는 조선을 떠올리면 천

배 만배 나은 놀라운 기술이었다. 로마의 웅장한 건축물들을 보면서 인간의 힘으로 어떻게 저런 건축물을 지을 수 있는지 늘 궁금했었는데 오늘에야 그 비밀이 풀리는 것 같았다. 이렇게 새로운 기술들이 세상을 바꾸고 있었던 것이다.

물론 로마 시민들은 아비뇽의 유수 전까지 교황청으로 사용했던 라테라노의 성 지오반니 성당이야말로 진짜 교황청이라는 생각을 아직도 버리지 않고 있었다. 은수와 마지막 대화를 나누었던 수많은 사형수들은 웅대한 대리석 기둥이 떠받들고 있는 라테라노 성당에서 예배드리고 주님의 용서를 구하는 것이 마지막 소원이라고 말하곤 했었다.

바티칸의 성당은 라테라노 성당과 흡사하지만 그 규모는 상상을 초월할 정도로 웅장했다. 그런데도 거대한 바티칸 성벽 안에서는 여기저기 새로운 건물을 짓는 움직임이 분주했다. 궁전 곳곳에 널려 있는 화려하고 아름다운 조각품들도 경탄을 자아내게 했지만, 특히 무수한 서책들이 쌓여 있는 도서관은 유교 경전에 매인 채 오로지 중국만을 바라보며 서쪽 하늘 저 너머에서 무슨 일이 일어나고 있는지 전혀 알지 못하는 조선을 떠올리게 만들었다.

로마에 도착한 이래로 은수의 머릿속은 줄곧 자신이 온 마음을 다해 존경하는 상감조차도 세상의 끝에 이런 나라가 있는지, 그리고 세상에 이렇게 여러 가지 글자가 있는지 알고 계실까 하는 물음으로 가득 차 있었다.

"교황 성하를 뵈옵니다."

붉은 사제복의 추기경과 보라색 사제복의 대주교들에게 둘러싸인 가운데 금색 자수가 화려하게 수놓인 하얀 수단을 입고 은수 일행을 맞은 교황은 천천히 팔을 내밀었다. 은수는 알리키아 주교와 베르나스 신부의 뒤를 이어 무릎을 꿇고 교황의 오른손 약지에 끼워진 반지에 입을 맞추었다. 키가 큰 교황은 은수를 위해 몸을 깊이 숙여줌으로써 특별한 배려를 보였다.

"이 세상에서 정의를 세우기 가장 어려운 곳이 감옥일 것이오. 그런데 코리에서 온 어린 여성이 처음에는 죄수들을 위해 온갖 궂은일을 마다 않고, 다음으로는 사형수들의 고뇌에 귀 기울이고, 종내는 사형수 바꿔치기까지 밝혀냈으니 이는 기대할 수도, 상상할 수도 없는 일이오. 우리 모두 코리에서 온 요안네스를 위해 기도합시다."

교황은 교황이기 이전에 로마의 대주교이므로 기도의 집전이 어색한 일은 아니었지만, 워낙 드물게 행해지는 탓에 참석자들은 경이로움을 느꼈다. 은수는 화려하고도 웅장한 교황의 미사 집전에 눈을 감고 고개를 숙였지만, 이상하게도 알리키아 주교의 재판에서 들었던 노인의 말이 자꾸 머릿속에 떠오르는 걸 막을 수 없었다.

이 거대하고 거룩한 종교를 한마디로 인간에 대한 모독이라 내쏘던 그의 용기. 죽음을 눈앞에 두고도 끝까지 자신의 주장을 굽히지 않던 용기. 그의 말이 맞든 틀리든, 그가 은수에게 던진 충격은 태산과도 같이 수시로 은수를 덮쳐왔다.

은수는 그 생각을 떨쳐내려 고개를 가로저었다. 교황은 자신이 새롭게 맞닥뜨린 이편 세계 전체를 지배하고 있는 분이었다. 그분이 자신을 위해 몸소 기도를 올려주고 있는 이 순간, 뇌리에 그런 생각이 떠오른다는 건 그분에 대한 배신이라는 생각에 은수는 마음이 편치 않았다.

"그런 상상력이 로마에 온 지 얼마 되지도 않은 여성의 조그만 머리에서 나왔다는 사실이 부끄럽기만 하오. 우리는 모두 속기만 했잖소. 이렇게 머리가 큰데도 말이오."

둘러선 사람들이 모두 웃었다.

"의도하지 않더라도 서기들이 실수를 저지를 가능성이 너무나 큽니다."

알리키아 주교의 말에 모두가 고개를 끄덕였다. 사람이 손으로 쓰는 글씨라 어쩔 수 없는 일이기도 했다. 서기가 아무리 조심한다 하더라도 인간인 이상 실수하기 마련이었다.

"물론 하느님은 인간이 실수하도록 창조하셨소. 여러분이 추기경이 되고 대주교가 된 것 또한 실수가 아니겠소. 내가 대실수로 교황이 되었듯이 말이오."

다시 웃음이 터졌다. 교황은 권위와 웃음을 조화시킬 줄 아는 사람이었다.

"다만 모음 하나 잘못 쓰는 작고도 작은 그 실수의 대가로 무고한 사람이 죽었다는 사실이 매우 안타깝소. 하느님도 이런 실수까지 허용하신 건 아닐 거요."

침묵이 이어졌다. 추기경들도 대주교들도 작은 실수에서 비롯된 문제의 심각성을 뼈저리게 느끼고 있었다. 감옥만이 문제가 아니었다. 수많은 문서가 필경사들의 실수나 고의에 의해 왜곡되고 있었고 그 폐해는 실로 엄청났다.

"교황 성하!"

은수의 조심스러운 목소리에 교황은 고개를 끄덕였다. 말을 해도 좋다는 뜻이었다.

"고의든 실수든 기록이 잘못되는 걸 영원히 막을 방법이 있긴 합니다."

교황은 고개를 가로저었다.

"아니, 사람이 글자를 쓰는 한 그것은 불가능할 것이다."

"저의 나라 코리에는……."

은수가 잠시 말을 끊자 교황이 연속으로 고개를 끄덕였다. 망설이지 말고 계속 얘기하라는 뜻이었다. 추기경들과 대주교들 역시 흥미로운 눈길로 은수의 입술에 시선을 모았다.

"금속활자라는 것이 있습니다."

"그게 무엇인가?"

"금속으로 글자를 만든 다음 먹이나 염료를 묻혀 종이에 찍는 것입니다."

"금속으로 글자를 만든다니?"

은수는 설명이 쉽지 않으리란 것을 직감했다.

"허락하신다면 제가 시연을 보여드리겠습니다."

교황은 감옥의 사형수 바꿔치기를 알아차린 은수의 영민함에 탄복했던지라 반신반의하면서도 고개를 끄덕였다.

"알리키아 주교는 요안네스가 원하는 모든 걸 준비해주시오."

그로부터 한 달 후, 바티칸궁의 후원에 용광로가 내걸리고 이른 새벽부터 불이 지펴졌다. 시뻘겋게 달아오른 용광로 안의 청동이 녹기 시작해 철벅철벅해지자 은수는 준비가 끝났음을 알렸고, 교황을 비롯한 바티칸의 핵심 성직자들이 후원

111

으로 모여들었다.

은수는 성직자들을 향해 깊이 고개 숙인 다음 알파벳을 써 둔 종이를 네모나게 잘라둔 나무에 뒤집어 붙이고는 칼로 글자 옆 빈 공간을 파냈다.

"그 나무는 딱딱한 것이 나은가요, 아니면 칼이 잘 먹고 순한 게 나은가요?"

"이것은 모래 더미에 파묻어 글자의 모양을 내는 것이니 칼로 파기 쉬우면서도 단단한 게 좋습니다."

은수가 능숙한 솜씨로 나무를 깎아내는 동안 성직자들은 이것저것 사소한 것까지 질문하며 지대한 관심을 보였다. 이윽고 스무 개에 채 못 미치는 알파벳의 판형이 다 만들어지자 모두가 탄성을 질렀다.

"아름다워!"

"어떤 책에서도 보지 못한 독특한 모양이오."

"제 나라 코리에서는 이것을 어미자라 부르는데 양각입니다."

"양각이 뭐요?"

"글자 주변을 파내서 글자가 도드라지게 하는 방법입니다. 글자가 튀어나오게 하는 거지요."

은수는 작업을 하는 내내 성직자들의 질문에 답해주었고,

성직자들 중에는 은수의 입에서 나오는 말을 일일이 기록하는 사람도 있었다. 그만큼 글자란 중요한 것이었고, 필사된 기록의 문제점에 대해 모든 사람이 공감하고 있었다. 은수가 제작한 암수 주형틀은 말할 것도 없고 직접 고른 모래의 종류에서부터 불의 세기, 금속의 종류에 이르기까지, 온갖 것들에 대한 질문이 끝없이 이어졌다.

평평한 나무판 위에 양각된 글자 면이 위로 향하게 놓은 후, 적당한 수분을 품고 있는 모래를 쏟아 부은 다음 평평하게 다지고 어미자를 빼내는 장면 하나하나가 성직자들의 눈길을 사로잡았다. 일련의 과정을 거친 다음 마지막으로 암수 주형틀 사이로 미리 파둔 홈을 따라 쇳물을 붓자 사람들의 머릿속에 모래 속의 움푹 파인 자국을 따라 쇳물이 흘러가는 모습이 그려졌다.

"이제 기다리면 됩니다."

참으로 오랜만에 은수는 신이 났다. 어느덧 2년 넘는 세월이 흘렀지만 은수의 기억 한편에 지워지지 않고 있는 아버지의 모습이 이 작업을 통해 되살아나고 있었다.

'아버지, 조선에서 너무나 멀리 떨어진 이곳에서 아버지 대신 제가 이 작업을 하고 있어요. 지금 이 일을 하는 건 제가 아니고 아버지겠지요. 여기 사람들은 성부와 성자와 성령

이 모두 하나라고 해요. 그렇다면 여기서 아버지의 작업을 잇고 있는 제 안에 아버지가 계시는 거지요.'

은수는 작업하는 내내 마음속으로 아버지를 그렸고, 소리 내지는 않았지만 아버지를 원껏 불러보았다. 그리고 또 하나 떠오르는 얼굴이 있었다. 상감이었다.

상감께서는 새 글자를 완성하셨을까? 힘없는 조선의 백성들은 새 글자로 만든 책을 보고 있을까? 내가 만들어 보여드렸던 자체를 쓰셨을까? 생각을 이어가던 은수의 눈에 눈물이 핑 돌았다.

어느 정도 시간이 지나 쇳물이 다 식자 은수는 호기심 가득한 수많은 시선을 한 몸에 받으며 거푸집 앞으로 걸어가 다져진 모래 더미를 깨뜨렸다. 숨죽인 사람들의 시선 한가운데로 은수가 모래 속에 파묻힌 활자가지를 꺼내자 일제히 탄성이 터져 나왔고, 알파벳들이 마치 나무에 붙은 열매처럼 달려 있는 활자가지를 들어 올리자 탄성은 환호로 변했다.

"우와!"

은수가 알파벳들을 하나씩 떼어내 가다듬고 일자로 배열해 고정시키는 동작 하나하나는 후원에 모인 모든 사람들의 호기심과 긴장을 자아냈다. 모든 준비를 마친 은수가 알파벳을 배열한 활자판 위에 염료를 바른 후 종이로 덮고 나무토

막으로 정성껏 문지르고 나서 조심스레 종이를 들어 올리자 모두의 시선이 종이 위에 선명히 나타난 글자에 꽂혔다.

－Gabriele Condulmer

가브리엘레 콘둘메르. 교황 에우제니오 4세의 본명이 었다.

종이 위에 찍힌 이 이름이 눈에 들어온 순간 사람들의 입에서 걷잡을 수 없는 환호가 쏟아졌다.

"우아아아!"

탄성과 환호는 이어지고 또 이어져 좀체 멈출 줄을 몰랐다.

"아르스 사크라(Ars Sacra, 이것은 신성한 예술입니다)!"

한 추기경의 흥분한 목소리에 이어 모든 성직자가 자리에서 일어나 은수를 바라보며 성호를 그었다. 교황이 걸음을 옮겨 은수에게로 다가왔다.

"야훼께서 너를 통하여 이적을 보여주셨구나."

은수는 고개를 숙였다.

"책 한 페이지를 다 찍을 수도 있을 것 아닌가?"

"물론입니다. 지금은 작은 나뭇조각에 열일곱 개의 알파벳을 고정해 교황 성하의 존함을 찍었으나 좀 더 큰 판에 알파벳을 더 많이 배열하면 책의 한 페이지가 됩니다."

"열 번을 찍으면?"

"열 페이지가 됩니다."

"천 번을 찍으면?"

"천 페이지가 됩니다."

"책 한 권을 다 찍을 수도 있는가?"

"그렇습니다."

"천 권을 찍을 수도 있나?"

"금속은 쉽게 닳지 않습니다. 닳아도 지금처럼 간단히 알파벳을 만들어 보충하면 됩니다."

"누구라도 책을 볼 수 있다는 얘긴가?"

"그렇습니다."

교황은 두 팔을 뻗어 은수의 어깨를 감싸 쥐고는 뜨겁게 포옹했다.

"은총이 오직 그대의 머리와 손을 타고 내리셨도다."

교황이 은수의 머리 위에 성호를 그으며 축복을 내리자 환호는 극에 달했다.

"요안네스, 오늘은 그대가 내 자리에 앉아야만 할 것 같구나. 이 위대한 기술은 역사를 바꿔놓을 것이다. 저 무심한 필경사들의 손에서 얼마나 많은 문서들의 정신이 사라지고, 얼마나 많은 저자들의 혼이 사라졌을까. 그대의 금속활자는 시저의 갈리아 정복보다, 알렉산더의 동방 정복보다 위대하다."

은수는 고개를 숙였다.

다음 날 은수는 거처를 찾아온 알리키아 주교의 안내를 받아 바티칸 깊숙한 곳으로 들어갔다. 붉은 옷을 입은 사제 한 사람이 커다란 기둥 옆 테이블에 앉아 있다가 은수를 보자 성호를 그으며 반겼다.

"안달루시아의 오히블랑카 열매요. 향과 풍미가 일품이지."

추기경은 올리브 열매를 곁들인 차를 권하면서 은수와 가벼운 담소를 나눈 뒤 비할 수 없이 진지한 얼굴로 얘기를 꺼냈다.

"오늘 아침 추기경 회의에서 결정된 일이오. 요안네스에게 중요한 부탁을 하겠소."

"네."

"신성로마제국의 마인츠로 가줄 수 있겠소?"

은수는 신성로마제국이 어떤 나라인지, 마인츠는 어떤 도시인지 전혀 알지 못했다. 하지만 금속활자에 열광하던 사제들의 반응으로 보아 책과 관련이 있는 도시라는 느낌이 들었다.

"거긴 전 유럽에서 필사업이 가장 성행하는 곳이오."

역시 은수의 짐작은 맞아떨어졌다. 필사업이 성행하는 곳
이라면 책이 많이 만들어지는 곳이고, 따라서 금속활자가 필
요할 터였다. 자신이 할 수 있는 일이고 해야 할 일이었다.

금속활자에 대해 충격에 가까운 반응을 나타낸 교황과 추
기경들을 보면서 은수는 이 새로운 세계에 발을 디딘 순간부
터 마음속 깊이 우러나오던 의문이 더욱 굳어졌다.

시선이 닿는 곳마다 웅장하고 화려한 건물들이 치솟아 있
고, 조부와 아버지로부터 들었던 원나라의 만권당과는 비교
도 안 될 만큼 엄청난 책들이 쌓여 있는 도서관이 널린 로마.
또한 집채만 한 바윗덩어리들을 사람의 등짐이 아닌 줄 하나
에 매달아 하늘 높이 끌어올리는 놀라운 기술을 모두 가진
이 훌륭한 세상에 어찌하여 아직까지 금속활자가 없다는 것
인가!

이런 사실을 좀처럼 믿기 어려웠던 은수는 필사업이 가장
활발하다는 마인츠라는 도시에 가면 비밀의 열쇠가 있을지
모른다는 생각에 조금도 망설임 없이 대답했다.

"가겠습니다."

"알리키아 주교가 동행하면 되겠소?"

엄청난 후의였다. 아무런 지위도 직위도 없는 은수의 여행에 바티칸의 주교가 동행한다는 것은 꿈도 꾸지 못할 일이었다. 교황청이 금속활자 제조술을 가지고 온 은수를 극도로 배려한다는 뜻일 것이었다.

"영광입니다만, 저에겐 과분한 배려입니다."

"혹시 베르나스 신부가 더 낫겠소? 베르나스 신부와는 긴 여행을 함께했으니 그게 더 편할 테지."

은수가 자리에서 일어나자 추기경은 성 베드로 성당 앞 회랑까지 은수를 배웅했다.

마인츠

로마에서 스위스 바젤까지의 여행은 즐거움의 연속이었다. 알리키아 주교가 내준 마차 덕분에 지상의 낙원과도 같은 풍경을 마음껏 누릴 수 있었다. 게다가 때는 만물이 소생하는 봄이었다.

겨우내 쌓였던 눈이 녹아 콸콸콸 흐르는 차고 깨끗한 시냇물은 내내 은수의 친구가 되어주었고, 기나긴 겨울잠에서 기지개를 켜며 깨어나는 알프스 산록의 온갖 꽃들은 싱그러운 향기를 한껏 내뿜으며 은수의 발길을 끌어당겼다.

"여기서부터는 배를 타고 가는 게 편해요."

베르나스 신부는 바젤에 도착하자 긴 여행에 대비해 큰 자루에 먹을 것을 비롯해 갖가지 필요한 물건들을 채워넣었다.

"여기는 스위스인데 신성로마제국의 마인츠까지 배로 갈

수 있나요?"

"그래요, 요안네스. 라인강은 길고도 길어요. 알프스의 호수에서 시작되어 여러 나라를 거친 후 북해까지 흘러가죠. 물론 강물이 지나가는 곳은 대부분 신성로마제국의 땅이지요."

"배가 국경을 그리 쉽게 통과하나요?"

"스위스, 프랑스, 신성로마제국, 네덜란드까지 통행에 아무런 지장이 없어요. 카츠성과 마우스성의 악독한 성주들이 경쟁적으로 통행세를 뜯어내는 건 문제지만요. 그들은 통행세를 내지 않으면 선원들을 물에 빠뜨려 죽여요. 그래서 라인강에는 전설이 많이 생겨났어요. 뱃사공들이 바위 꼭대기에서 노래 부르는 금발 미녀에게 넋을 빼앗겨 강물에 빠져 죽었다는 전설 같은 거지요. 모두 통행세를 안 내다 잡혀 죽은 이야기라고 보면 돼요."

"아름다운 강에 잔인한 전설이네요."

바젤을 출발한 배는 완만한 라인강을 따라 가다 서다를 반복하면서 흘러내려갔다.

마인츠에 도착한 베르나스 신부는 마인츠의 대주교를 찾아 교구청으로 갔다. 그는 신성로마제국의 황제 선거권을 가진 일곱 선제후 중 하나이기도 했다.

"저는 로마 교구 소속 베르나스 신부이고, 이 사람은 동방의 코리에서 온 요안네스입니다."

"내가 도와줄 것이 있나?"

"교구청 신부님들과 의논하겠습니다."

선제후라는 직책 때문인지 대주교는 바티칸의 대주교들과는 달리 다소 거만해 보였다.

"그런데 이 처녀는 수녀가 아닌가?"

"아닙니다."

"그럼 어째서 자네와 같이 왔는가? 행색을 보니 긴 여행을 한 모양인데, 이 처녀도 로마에서 같이 출발했나?"

"그렇습니다."

보석을 주렁주렁 달아 교황보다도 화려한 옷차림을 한 대주교는 못마땅한 표정으로 은수에게 물었다.

"어디 출신인가?"

"코리에서 왔습니다."

"코리? 거기가 어디지?"

"중국에서 바다 건너에 있는 나라입니다."

"중국인과 비슷하지만 좀 다르게 생겼군. 차분해 보여. 설마 중국에서도 둘이 같이 여행을 한 건 아니겠지?"

베르나스 신부가 변명하듯 손을 내저으며 토해냈다.

"다른 신부님 한 분과 같이 2년간 여행해 셋이 함께 바티칸에 도착했습니다."

대주교는 이마를 찌푸렸다.

"믿음이 약한 사제들이 무너지기 딱 좋은 시간이군."

베르나스 신부는 서둘러 말했다.

"요안네스는 금속활자를 만들 줄 압니다."

"금속활자? 그게 뭔가?"

"청동이나 납으로 글자를 만들어 염료를 바른 후 그걸 종이에 찍는 기술입니다."

"뭣 하러 그런 우스운 짓을 하나? 혀를 내두를 정도로 솜씨 좋은 필경사들이 여기 마인츠에만 해도 얼마나 많은데. 저기 스트라스부르까지 합치면 필경사들 숫자를 세다 늙어 죽을 판이네. 하여튼 알았으니 나가보게."

은수는 베르나스 신부가 자신이든 금속활자든 과장스럽게 소개하지 않는 게 훨씬 편했다. 자칫 바티칸에서처럼 금속활자가 숭배의 대상이 된다면 저 안하무인의 선제후 대주교와 온종일 같이 있어야 할 것 같아서였다.

거처 또한 교구청에서 멀리 떨어진 곳에 마련되어 은수는 중국을 떠난 후 처음으로 가톨릭을 벗어나 자유를 맛보는 셈이었다. 베르나스 신부는 이상한 소문이 퍼질까 염려해서인지 서둘러 여장을 꾸렸다.

"인간의 운명은 이미 신에 의해 결정된 겁니다. 태어나고 죽는 것이 모두 하느님의 설계이니 욕심낼 것도 두려워할 것도 없지요."

그는 은수의 손을 잡고 기나긴 기도를 올린 후 몸을 돌렸다.

"바티칸에서 뵙겠습니다."

"처음과 같이 이제와 항상 영원히!"

라인강을 가로지르는 다리에서 베르나스 신부를 떠나보낸 은수는 날아갈 것 같은 해방감에 애써 걸음을 늦추어야 할 지경이었다. 조선에서 철들 무렵부터 온몸을 옥죄어오던 압박감. 해야 하는 숱한 일들과 해선 안 되는 숱한 일들. 한순간도 편할 날 없이 삶을 찍어 누르던 보이지 않는 힘. 숨 막히는 예의와 법도.

물론 자신은 잘 견뎠고, 심지어는 흐트러짐 없는 정신의 자세를 즐기기도 했다. 하지만 일거수일투족이 유교를 숭상하는 사대부들의 감시를 받았기에 은수는 항상 보이지 않는 끈에 묶여 있는 느낌이었다. 그에 비하면 이쪽 세상은 얼굴을 스치는 라인강의 바람처럼 가볍고 편하기만 했다.

마인츠는 한마디로 필사의 도시였다.

은수는 어려서부터 글자를 좋아했다. 물론 책도 수없이 읽었지만, 글자 자체에 대한 관심이 유별나 혼자 글자를 가지고 노는 일이 많았다. 끊임없이 글자 모양을 연구해 자신만의 서체를 개발하기도 했다. 은수는 글을 쓰는 사람의 혼이 글자에 배어 있다는 사실, 그리고 어느 경지에 이른 글자체에는 통일된 하나의 흐름이 생겨난다는 사실을 깨달았다. 그하나의 통일된 흐름은 바로 아름다움이었다.

글자는 어떤 자세에서 어떤 도구를 가지고 어떤 모양으로 써도 항상 아름다워야 한다.

이것이 바로 은수가 추구했던 글자에 대한 철학이었다. 은수는 마침내 그 수준에 이르는 글자를 만들었고, 상감과 신미 대사는 그것에 대한 찬사를 아끼지 않았다. 그리고 이제 은수는 또 하나의 글자를 마주하고 있었다. 바로 라틴어였다.

은수는 라틴어의 글꼴이 매우 한정되었을 뿐만 아니라 사제들이나 영주들만 쓰기 때문에 널리 전파되기가 어렵다는 걸 알았다. 워낙 글에 권위가 요구되다 보니 필경사들에게는 조금의 틈도 허락되지 않았다. 거의 모든 필경사가 글에 정신이나 아름다움을 불어넣기는커녕, 한 가지 서체를 틀리지 않고 베끼는 데만 사력을 쏟고 있었다.

라틴어를 금속활자로 찍어내기 전에 먼저 글자체를 만들고 싶다는 생각에 은수는 필사하는 사람들이 모여 있는 엑셈

플룸 거리를 셀 수 없이 드나들었다. 은수는 지나치다 싶을 정도로 꼼꼼하게 필사의 세계를 조사했고, 그 과정에서 많은 사람과 얘기를 나누었다.

"청빈을 근본으로 하는 우리 탁발 수도사들에게는 필사가 생계수단이오."

프란치스코 수도회가 운영하는 성 빅토르 수도원의 늙은 수사들은 젊디젊은 동방의 여성이 찾아와 능숙한 라틴어로 묻자 거북해하면서도 내심 반기는 눈치였다.

"수도사의 삶은 한마디로 '오라 에트 라보라(ora et labo-ra)', 즉 기도와 노동인데, 필사는 생계수단인 동시에 수양의 일환이란 말이오. 성경을 필사하는 것 자체가 예배니까."

은수는 마인츠시의 관리도 만났다.

"기본적으로 책에 대한 수요가 급증했소. 필사는 이에 따라 하나의 뚜렷한 산업이 되었소. 대학에서는 교육 목적의 책 수요가 늘어났고, 최근 수십 년 사이에는 많은 사람들이 지식을 하느님에 이르는 길이라고 생각해 지식에 대한 욕구가 대단히 커졌소. 지식을 얻는 지름길이 바로 책이잖소. 게다가 새로운 직업들이 쏟아져 나온 것도 책 수요가 늘어난 배경이오. 법률가, 의사, 철학자, 상인, 금융업자 같은 사람들 말이오."

시서詩書를 얼마나 잘하느냐가 학문과 관직의 전부인 조선과 달리, 이 세계에는 이미 많은 분야의 전문가들이 있어 다양한 지식이 팽창하고 있었다.

가장 놀라운 건 대학에서 책을 만드는 방식이었다.

"모든 학교에서 도나트(Donat)가 바람을 몰고 왔소. 아일리우스 도나투스가 쓴 라틴어 문법책인데, 라틴어를 배우는 사람이라면 누구든지 봐야 하는 책이오. 이탈리아에서는 이미 300년 전에 페시아(Pecia) 시스템이란 게 고안됐소. 페시아란 스무 장을 한 묶음으로 만든 교본이오. 학생들에게 페시아를 몇 개 빌려주면 학생들이 이를 공부하면서 필사본을 하나씩 쓰고 원본을 돌려주는 방식인데, 이 페시아를 묶으면 한 권의 교본이 되고 순식간에 많은 필사본이 만들어졌던 거요."

은수는 로마에 있을 때 대학이라는 게 있다는 걸 알게 되었다. 물론 학비가 비싸서 귀족 자제들이 아니면 쉽게 들어갈 수 없는 곳이지만, 돈 많은 상인이나 평민 자제들에게도 문이 열려 있었다. 마인츠나 쾰른, 프랑크푸르트 등의 부유한 도시에서는 자제들을 로마나 볼로냐의 대학으로 유학을 보내는 게 유행이었고, 대학에서는 라틴어 교본이 필수였다. 그리고 마인츠에는 라틴어를 가르치는 초등학교도 몇 개나

돼서 학생들이 어린 시절부터 자유롭게 교재를 필사했다.

은수는 필사와는 비교할 수도 없이 우수한 금속활자가 있음에도 국가가 그것을 틀어쥔 채 유교 경전만 한 해에 수십 권, 많아야 200권 정도 찍어내는 조선이라는 나라가 답답해 미칠 지경이었다.

그날 밤 은수는 기름접시에 불을 붙여 등을 밝히고 동쪽을 향해 세 번 절했다.

"아버지!"

아무도 모르게 산중에 숨어 진땀을 흘리며 묵묵히 쇠바가지를 퍼올리던 아버지의 모습이 유난히 마음 아프게 다가왔다. 은수는 비로소 아버지의 삶을 제대로 이해할 수 있을 것 같았다. 아버지는 비록 아무도 알아주지 않는 삶을 살다 비명에 떠났지만, 그 삶은 학문으로 일세를 풍미한 홍문관 대제학의 삶보다 위대했다. 심지어 만인이 우러러보는 교황이나 추기경의 삶보다 의미 있었다.

죽음 또한 마찬가지였다. 아버지는 힘이 없어 강종배가 보낸 불한당에게 죽임을 당한 것이 아니었다. 천하의 백성들에게 글을 보급하고 그들과 같이 더 나은 삶을 살아가려던 아버지를 죽인 자는 강종배 개인이 아니라 강종배로 대표되는 지배층의 탐욕이고 불의였다.

은수는 바티칸의 회랑을 걸으며 마주쳤던 수많은 영웅들의 화려한 조각상이나 초상화보다 강종배의 칼을 맞고 쓰러진 아버지의 초라한 그림자가 더욱 값지다고 생각하며 숨죽여 울었다.

마인츠의 거리를 걸으며 필사공방들을 유심히 지켜본 은수는 마음에 드는 한 곳을 골랐다.

"제가 글씨를 좀 쓸 줄 아는데 일감이 있을까요?"

필사공방에서 은수가 보여준 독창적인 글씨에 사람들은 자신의 눈을 의심했다.

"오오, 굉장해!"

사람들은 한 치의 흐트러짐도 없이 꼿꼿한 자세로 온 신경을 집중해 단 하나의 오자 없이 필사해내는 은수의 모습에 놀랐고, 그녀의 자그마한 몸에서 뿜어져 나오는 보이지 않는 기운에 두 번 놀랐다. 하지만 그들을 가장 놀라게 한 것은 역시 글자체의 아름다움이었다. 그녀의 글씨는 함부로 다가가기 어려울 만큼 고고하고 기품 있었다.

"고딕을 이렇게 쓸 수 있다니!"

이제까지 수없이 많은 필경사가 달려들었으나 고딕은 어떠한 변형도 거부한 채 웅장한 성당의 풍모를 간직하고 있었다. 유일한 변화라면 글자의 굵기를 가늘게 해 세로로 길게 뽑아 쓰는 것이었는데, 이런 재주를 가진 사람은 명인 중의 명인으로 꼽히고 있었다.

"고딕이 이렇게나 편안하고 부드러울 수 있나!"

명인일수록 은수의 서체에 깊은 감명을 받았다. 은수는 이내 말단에서 지위가 급상승해 삽화가와 같은 등급의 필경사가 되었다.

삽화가는 책에 여러 가지 문양을 그려 넣는 사람으로, 책을 필사하는 데 꼭 필요한 존재였다. 책의 빈 공간에 악마가 깃들 수 있다는 기독교의 해석 때문이었다. 따라서 글씨를 쓸 때도 가능하면 알파벳들을 바짝 붙여서 필사했고, 빈 공간이 없도록 페이지의 여백에도 반드시 그림을 그려 넣었다. 원숭이, 곰, 사슴 등의 동물과 식물이 주된 모티브였는데, 특히 동방의 아라베스크 문양과 비슷한 아칸서스 줄기가 많이 그려졌다.

"네가 이 글자를 만든 계집이냐?"

어느 날 은수는 공방을 찾아온 관리에 의해 재판소로 연행되었다. 재판관은 은수를 보자마자 추궁하기 시작했다.

"네가 필사한 책에는 빈 공간이 있다. 이것은 악마의 유혹일진대 너는 사실대로 말해 고문을 면하라!"

"저는 악마를 모릅니다."

재판관은 다른 사람들이 필사한 책을 여러 권 내놓았다.

"보아라. 고딕이란 글자 자체가 빈 공간을 최소화하도록 꼭 짜이지 않았느냐. 그래서 글에 단락조차 없다."

다행히 은수의 공방은 마인츠에서도 손꼽히는 대규모 공방이라 인맥이 두터웠고, 그중에는 유력자도 있었다. 공방 주인은 손을 써서 은수를 빼냈지만 은수가 개발한 고딕체는 폐기되고 말았다.

은수는 이제껏 자신이 보고 판단한 건 그저 껍데기일 뿐이라는 사실을 깨달았다. 정도가 다를 뿐 이곳도 조선과 마찬가지로 턱없는 압박이 존재하는 곳이었다.

기가 막힌 건 재판관이 잘난 체하며 마지막으로 내뱉은 한마디였다.

"피고인, 참고로 한마디 하자면 이미 아리스토텔레스가 물리학에서 빈 공간은 존재하지 않는다고 했어!"

글자체를 빼앗긴 건 억울했지만 이 사건은 은수에게 매우 소중한 경험이 되었다. 세상 어디에나 권력과 탐욕이 결탁한 거역할 수 없는 힘이 있고, 이 힘은 턱없는 억지를 약자들에게 강요하고 있으며, 약자는 이를 거스를 수 없다는 사실을 은수는 확실히 깨달았다.

필사공방의 일감은 시간이 갈수록 쌓여갔다. 수도원의 소규모 필사는 상업적인 필사업계에 급속도로 흡수되었고, 필사업은 하루가 다르게 성장하고 있었다. 마인츠에서 가장 규모가 큰 은수의 필사공방은 본문 글자를 필사하는 사람, 책의 머리글 첫 글자나 장식용 문자를 붉은색으로 그려 넣는 장식화가, 그림을 그리는 삽화가, 제본사 등이 각자의 일을 나누어 함으로써 점차 전문화되었고 그에 따라 능률이 올라갔다.

하지만 필사업이 양적으로 팽창하다 보니 능력이 떨어지는 필경사도 고용되었고, 그들로 인해 오탈자가 많이 발생하면서 책의 품질이 저하되는 부작용도 생겨났다. 필사업은 한계에 봉착했다. 더군다나 필사본은 값이 너무 비쌌다. 은수가 일하는 공방만 해도 500명이 넘는 필경사를 고용하고 있었지만, 그중 가장 유능한 사람이라 하더라도 1년에 책 한권을 만들기가 어려웠다.

바티칸의 심연

은수는 이제 금속활자를 내놓을 때가 되었다고 생각했다. 쇳물을 끓일 용광로를 구하고, 철이든 청동이든 납이든 금속을 구하고, 철제 주형틀을 만드는 건 보통 일이 아니라 은수 혼자 할 수 없었다. 바티칸에는 없는 게 없었을 뿐 아니라 교황의 명에 따라 마음껏 지원을 받았기에 한 달 만에 준비를 끝낼 수 있었지만 마인츠의 상황은 열악하기 그지없었다.

인적이 드문 성벽 끝의 외딴곳으로 거처를 옮긴 은수는 공방에서 알게 된 믿을 만한 한 사람을 끌어들여 주자간을 만들었다. 폴츠라는 이름의 이 청년은 순박한 데다 평소 은수를 존경하고 있던 터라 마음이 잘 맞았다. 두 사람은 공방의 일이 끝나고 나면 매일 조금씩 작업을 이어갔고, 석 달이 지나자 땅에 용광로를 파묻고 불을 피울 수 있었다.

은수는 교황청 후원에서 작업을 할 때보다 오히려 마음이 편했다. 작업장이 조선에서 늘 보던 아버지의 주자간과 매우 흡사했기 때문이었다. 모든 준비가 끝나자 은수는 대주교를 찾아갔다.

"대주교님께 금속활자 만드는 모습을 보여드리고 싶습니다."

"금속활자라고?"

"그렇습니다."

"내가 왜 그걸 봐야 하지?"

"바티칸에서 시연을 했을 때 교황 성하는 물론 모든 추기경님과 대주교님들이 찬탄하신 바 있습니다. 성하께서는 역사를 바꾸는 일이라 하셨습니다. 제가 여기 마인츠에 온 것도 바티칸의 지시입니다."

대주교는 보통 사람의 얼굴에서는 보기 힘든 복잡하고 야릇한 미소를 떠올렸다.

"너는 바티칸이 왜 너를 여기로 보냈는지 아느냐?"

"여기 마인츠가 필사의 중심이기 때문입니다. 이 수많은 필사가 금속활자로 이루어진다면 그 이점은 무궁무진할 것입니다."

대주교는 잠시 생각하다 대답했다.

"가보마."

약속한 날이 되자 대주교는 몇 사람의 수행원을 대동하고 금속활자를 만들어내는 과정을 진지한 표정으로 지켜보았다. 쇳물을 붓고 나서 불과 얼마 지나지 않아 활자가지가 만들어지고 바티칸에서와 마찬가지로 자신의 이름이 종이에 찍혀 나오자, 대주교는 자리에서 일어나 놀라운 눈길로 은수를 바라보았다. 천성이 과묵한 대주교는 교황처럼 찬사를 터뜨리지 않았으나 평상시와 다르게 은수를 깊게 포옹했다.

"차분한 아인데……."

대주교는 의미를 알 수 없는 말을 남기고 그 자리를 떠났다.

"만세!"

기쁨을 주체하지 못한 폴츠가 쇳물바가지를 높이 던지고 활자가지에 입을 맞추는 등 법석을 떨었다.

"요안네스, 대주교님 얼굴 보셨죠? 완전히 얼이 빠지셨어요."

하지만 기쁨은 거기까지였다. 다음 날 이른 아침, 싸늘한 표정의 한 사내가 네 명의 병사와 함께 은수의 주자간에 들이닥쳤다. 어둠이 완전히 걷힌 시각이었지만 병사들은 손에 횃불을 들고 있었다.

"무슨 일인가요?"

불길한 예감에 휩싸인 은수의 목소리는 냉기 가득한 주자간에서 맥없이 사그라들었다. 검은 사제복을 턱밑까지 당겨 입은 사내는 아무런 대꾸 없이 싸늘한 눈길로 주자간의 풍경을 훑고 나서는 은수의 두 눈을 뚫어질 듯 들여다보았다.

"왜 이러시는 건가요?"

여전히 한마디 대답 없이 은수를 무섭도록 쏘아보는 그의 눈길은 차가웠고, 표정에는 분노와 증오가 담겨 있었다.

"당신은 사제인가요? 그렇다면 여기는 에어바하 대주교님이 보호하시는 곳이에요."

사내는 차갑게 웃었다.

"태워라!"

말이 떨어짐과 동시에 횃불이 던져졌고, 이내 장작에 불이 옮겨 붙으면서 주자간은 바지직 소리를 내며 무너져갔다.

"콰아레(Quare)! 도대체 왜?"

날카롭게 터져 나온 은수의 절규는 공허하게 흩어질 뿐, 탁탁 소리를 내며 타오르는 불길은 더욱 거세게 주자간을 잿더미로 만들고 말았다. 아버지의 주자간을 그대로 빼닮았던 마인츠의 주자간이 불타는 광경은 은수의 기억 속에 잠들어 있던 오래전의 비극을 되살려냈다.

"이 짐승 같은 파괴자들!"

그러나 은수의 절규는 더 이상 이어지지 못했다. 증오의 화신 같은 모습으로 은수를 쏘아보던 사내가 은수의 머리채를 잡고 손바닥으로 입을 막아버렸기 때문이었다.

정신을 잃은 채 빛 한 줄기 들어오지 않는 지하 감옥에 버려진 은수는 정신이 들자마자 극심한 고통에 얼굴을 찡그렸다. 병사들이 머리채를 잡아 공중으로 들어 올린 데까지가 기억의 마지막이었다. 머리 껍질이 다 벗겨진 듯 계속 밀려오는 고통을 참기가 어려웠다. 그러나 은수는 한 마디 신음도 내지 않았다.

"에어바하!"

마음을 가라앉히고 일어났던 일을 하나하나 곱씹던 은수의 입술에서 대주교의 이름이 새어 나왔다. 주자간에 왔던 유일한 사람이자 이 모든 사태를 지시할 수 있는 유일한 권력자. 은수는 고개를 가로저었다. 도저히 이해할 수 없는 일이었다. 금속활자를 보던 그의 눈은 경이로웠고, 주자간을 떠나갈 때의 깊은 포옹은 결코 가식이 아니었다.

"콰아레!"

육체의 고통보다 더 견디기 힘든 것은 바로 이러한 의문이었다. 은수는 너무도 답답하여 머리가 깨질 것만 같았다. 도저히 이해할 수 없는 일이 벌어지고 있는 이 상황에 대한 의문은 어떤 가정과 상상으로도 해소되지 않았다. 시간이 영원히 정지된 것 같은 어둠의 심연에서 은수는 한 가지 사실만은 확연히 깨닫고 있었다.

바티칸에 연락해야 한다!

확신할 수는 없지만 만약 에어바하 대주교가 이런 일을 벌였다면, 마인츠의 최고 권력자인 그를 만류할 수 있는 힘은 바티칸의 교황만이 가지고 있었다. 은수는 어떻게 바티칸에 연락을 취할 수 있을지 고민하고 또 고민했다. 하지만 정말 에어바하 대주교가 이 일을 지시했다면 자신은 결코 바티칸에 연락할 방법을 찾을 수 없다는 사실을 깨닫고는 절망하고 또 절망했다.

"요안네스!"

시간이 얼마나 흘렀는지 알 수 없었지만, 은수의 이름이 불린 건 그냥 눈을 감은 채 죽었으면 하는 바람만이 남았을 때였다. 가물가물한 의식 속에서 어디선가 꿈결같이 들려오는 소리를 들었을 뿐 누가 옆에서 팔을 잡는지도, 들다시피 끌고 나가는지도 느끼지 못하던 은수는 뚫어질 듯 자신을 쏘아보는 눈초리 앞에서 간신히 정신을 차렸다.

"악마의 대리인이여, 너의 죄를 인정하는가!"

주자간에 찾아왔던 바로 그 사내였다. 은수는 아득한 중에도 이자가 마녀사냥을 전문으로 행하는 자라는 직감에 마지막 남은 힘을 모아 고개를 세차게 가로저었다.

"나는 악마를 모른다!"

은수가 독기 어린 어투로 대답하자 사내는 차갑게 웃었다.

"마녀를 가려내는 전통적인 방법이 있다. 물에 빠뜨려보는 거지. 마녀는 떠오르고 마녀가 아니면 가라앉는 법이니까."

이어 그는 고개를 가로저었다.

"무조건 죽는다. 가라앉으면 익사고 떠오르면 화형이니까."

사내는 먹이를 앞에 두고 상황을 즐기는 짐승과 다를 바 없었다.

"하지만 네게는 그런 절차가 면제된다. 이미 선제후께서 너를 마녀로 지목하셨으니까. 고문을 받고 화형에 처해지는 운명이야."

사내가 신호를 보내자 어둠 속에서 두 사내가 걸어 나와 은수를 일으켜 세웠다. 그러고는 은수를 질질 끌다시피 해 사방에 날카로운 못이 박힌 좁은 상자 모양의 공간에 밀어 넣었다. 겨우 발을 디딜 수 있는 작은 사각형을 제외하고는 날카로운 못이 듬성듬성 박혀 있는 공간은 똑바로 서 있는 것 외에는 어떤 자세도 취할 수 없도록 만들어져 있었다.

"똑바로 서 있는 건 잠깐일 뿐, 조금만 지나면 못이 살을 파고들어도 기댈 수밖에 없어. 흐흐, 마녀의 몸뚱어리라는 건 우습게도 피투성이가 된 상황에서도 졸음을 주체 못 하지. 그래서 바로 눈앞에 있는 못에 눈알을 들이박더군. 여기한 일주일 박아두면 누가 묻지 않아도 스스로 마녀라고 울부짖게 돼 있어."

몸을 똑바로 세운 은수는 자신이 육체를 가졌음을 뼈저리게 원망했다. 그냥 이대로 못에 기대 찔려 죽고 싶으면서도 반듯이 몸을 세우고 있는 자신이 너무나 비열하게 느껴졌다. 잠시 못에 기대려 했지만 마음과 몸은 전혀 다른 방향으로 움직이고 있었다.

"피가 원망스러울 거다. 나오다 굳어버리니까. 이대로 계속 피를 흘리면 빨리 죽겠지 하는 희망은 일찌감치 버려."

끝까지 사내 앞에서만은 꿋꿋했던 은수는 몸이 기울면서 못이 살을 파고들자, 비명을 지르지 않으려 입술을 피가 나도록 깨물었다. 하지만 이 역시 마음대로 되는 일이 아니었다. 얼마 지나지 않아 은수의 비명이 지하 감옥의 어둡고 긴 복도를 가득 채웠다.

"아아!"

얼마간인지 알 수 없는 처절한 고통의 시간이 지나고 은수
는 막대기로 몸을 쿡쿡 찔러대는 느낌에 눈을 떴다.

"너를 어떻게 죽일지는 내가 결정한다. 본래 불에 시뻘겋
게 달군 쇠꼬챙이를 네 밑구멍으로 넣어 입으로 나오게 한
후 껍데기를 홀랑 벗기고 화형을 시키는 건데 그건 최악이
다. 밖에 하루 종일 안절부절못하는 놈이 있더구나. 그놈한
테 20굴덴을 가져오라고 해라. 그러면 거꾸로 매달아 사타
구니에서 가슴까지만 톱질해 장작더미 위에 세워주겠다. 고
통이 반으로 줄어."

은수는 비몽사몽 중에도 죽이는 방법도 하나의 거래가 될
수 있다는 사실에 몸서리쳤다.

"그 전에 금속활자를 만든 게 악마의 지시라는 사실을 실
토해야 한다!"

은수는 마지막 힘을 모아 내뱉었다.

"대주교님께 실토하겠다."

은수가 대주교 앞에 끌려 나간 건 다시 한번 영겁과도 같
은 시간의 심연 속에서 어른거리는 죽음의 그림자와 정면으
로 마주하고 있을 때였다.

"저는 금속활자를 포기하지 않아요."

대주교는 그런 대답은 전혀 예상하지 못했던지 고개를 돌

려 뒤에 서 있던 사내를 한 번 노려본 다음 거칠게 물었다.

"왜? 다시 고문이 시작되면 저번과는 비교도 안 될 것이다. 천 번 만 번 포기한다 울부짖게 될 것이다."

"정신이 온전할 때 증언한 것 외에는 진실이 아닙니다."

"너를 처음 보았을 때 나는 너의 그 잔잔함과 차분함을 높이 평가했다."

"그 결과가 죽음인가요?"

은수의 날 선 반박에 에어바하 대주교는 천천히 고개를 가로저었다.

"나는 너를 인정하지만 네가 가지고 온 금속활자는 용납할 수 없다."

"저를 조금이라도 인정하신다면 바티칸에 연락을 해주세요. 주교단도 좋고 추기경단도 좋고 교황 성하도 좋아요."

"너는 감히 내게 뭘 부탁할 입장이 아니다."

"이 일은 반드시 바티칸에 의견을 물어야 합니다. 고문도 좋고 화형도 좋으니 그 전에 반드시 바티칸에 연락해주세요."

"네가 바티칸에 그리도 연락하고 싶어 하는 이유가 무엇이냐?"

"지금 당신이 나를 죽이려는 이유, 금속활자를 만들었다는

바로 그 이유로 나는 교황 성하를 비롯해 모든 사제들의 찬
양과 축복을 받았습니다."

"그러하냐?"

은수는 이미 죽음을 각오했다. 온몸이 못에 찔려 피가 흐
르는 고통 속에서 아버지가 백성을 위해 위험을 무릅쓰다 돌
아가신 의미를 새겼고, 자신도 그 길을 따르리라 다짐했었
다. 하지만 할 수만 있다면 죽기 전에 금속활자를 온 세상에
퍼뜨리고 싶었다. 조선에서 백성을 위해 글자를 만들고 퍼뜨
리는 게 의미가 있다면, 여기서도 글자를 퍼뜨리는 건 똑같
이 의미가 있을 터였다.

"바티칸은 나를 도와 금속활자를 온 세상에 퍼뜨릴 겁니다."

"이것이 실성했구나!"

에어바하 대주교는 한마디 내뱉으며 책상 서랍에서 화려
한 문양의 편지 한 통을 꺼내 은수에게 건넸다.

경애하는 신성로마제국 선제후이자 마인츠 대교구장 에
어바하 대주교께.

대주교님, 본인은 이런 편지를 보내게 된 것을 깊은 유감
으로 생각합니다. 하지만 교회의 거룩함이 업신여겨지고

사제의 설법이 난신도들의 조롱거리가 되는 걸 막아야 할 의무가 있는 교황으로서 그 책임을 다하고자 합니다.

사람들이 쉽게 글자를 대하고 책을 읽는다면 세상의 질서가 무너지고 궤변의 지옥에 빠질 것입니다. 그러므로 악마의 대리인인 이 아이가 금속활자를 만들려고 한다면 바로 제거해 교회의 신성함을 유지하고 사제의 권능을 지키는 것이 대주교님의 신성한 소임이라 믿습니다.

예수님의 권능을 대신하는 로마 교구의 주교이자 바티칸의 교황 콘둘메르로부터.

"아!"

은수는 힘없이 무너져 내렸다. 바닥에 쓰러진 채 치명적 배신감에 몸을 떠는 은수의 뇌리에 그날 바티칸 후원에서 교황이 했던 말이 떠올랐다. 이제야 교황이 계속 물어대던 질문의 본뜻을 알 것 같았다.

- 열 번을 찍으면?
- 열 페이지가 됩니다.
- 천 번을 찍으면?

－천 페이지가 됩니다.

－책 한 권을 다 찍을 수도 있는가?

－그렇습니다.

－천 권을 찍을 수도 있나?

－금속은 쉽게 닳지 않습니다. 닳아도 지금처럼 간단히 알파벳을 만들어 보충하면 됩니다.

－누구라도 책을 볼 수 있다는 얘긴가?

－그렇습니다.

당시에는 영광이고 찬탄인 줄로만 알았던 이 문답이 자신의 목을 찌르는 비수가 될 거라고는 생각도 하지 못했던 은수는 간신히 붙들고 있던 정신줄을 놓아버린 채 눈을 감고 말았다.

아비뇽 사람 발트포겔

폴츠는 은수가 지하감옥에 있다는 사실을 알게 되자 하루종일 감옥 앞에서 살다시피 했다. 그는 간수들을 정성스레 모셨고, 가진 돈이 다 떨어지자 여기저기 돈을 빌려가면서까지 은수의 뒷바라지에 전력을 다했다.

간수로부터 20굴덴을 내지 않으면 요안네스가 최악의 고문을 받고 죽게 될 거라는 얘기를 들은 폴츠는 마침 고향인 아비뇽에서 마인츠에 올라와 있던 발트포겔에게 달려갔다.

"형, 나 돈이 급히 필요해."

아비뇽에서 수도원과 수녀원, 성당 등을 대상으로 필사업을 하던 발트포겔은 사촌동생 폴츠의 다급한 표정을 보자 심각한 일이 벌어졌다는 것을 직감했다. 제대로 된 책을 전문적으로 펴내는 수준은 아니었지만 사제들이 필요로 하는 작

은 책자나 수도원에서 내는 성경 말씀 등의 필사를 도맡아
하던 그는 착하고 순박한 폴츠를 무척 아꼈다. 그런 데에는
처음 필사업을 시작할 때 사업자금을 폴츠의 아버지가 대주
었던 연유도 있었다.

"사고라도 터진 거냐?"

"응."

폴츠로부터 자초지종을 듣고 난 발트포겔이 두 눈에 비상
한 광채를 쏟아내며 캐물었다.

"너 봤니?"

"응? 뭘 말이야?"

"금속활자 만드는 것 말이다. 전부 다 봤어?"

"그게 그렇게 간단하지가 않아. 보다 말다 해서 잘 모르기
도 하지만, 종일 지켜봐도 설명을 듣지 않으면 몰라."

"그 종이는 어디에 있어?"

"뭐?"

"종이 말이야. 금속활자라는 걸로 글자를 찍어낸 종이!"

"작업장이 깡그리 타버렸으니 종이도 타버렸지."

"네가 가진 건 없어?"

"종이는 없지만 활자가지는 몇 개 있어."

"활자가지?"

"응. 쇳물이 지나간 길인데 그 끝에 글자가 달려 있어."

"글자가 달렸다고?"

"분명히 그런 게 있어."

"얼른 가자."

"가자고? 어디로?"

"어디긴, 네 집으로 가자."

폴츠의 집에서 활자가지를 들고 하루 종일 들여다보던 발트포겔의 입에서 길고도 긴 탄식이 새어 나왔다.

"아아! 세상에 이런 게 있었다니!"

"형, 그 열매처럼 달린 글자를 떼어내서 염료를 묻혀 찍어 봐. 진짜 선명하게 나온다니까."

"해보나 마나다. 이 작은 금속조각 하나가 필경사 백만 명보다 낫다."

"그러니까 형, 빨리 간수들한테 돈을 갖다줘야 해. 이제 곧 화형인데 돈을 안 갖고 오면 요안네스의 껍질을 벗기고 화형 대에 세운대. 그 전에 불꼬챙이로……, 아, 끔찍해……. 형, 제발 20굴덴만."

순박한 폴츠는 요안네스가 최악의 고문만이라도 면하게 하려고 울먹이며 사촌을 채근했지만, 영리한 발트포겔은 생각하는 게 달랐다. 그는 에어바하 선제후와 친분이 두터운

148

성 빅토르 수도원장에게로 급히 달려갔다.

"원장님, 요안네스는 반드시 살려야만 할 사람입니다."

수도원장은 요안네스를 살리기 위해 필사적으로 매달리는 발트포겔을 보자 두 사람의 관계가 궁금했다.

"당신이 남편이오?"

"본 적도 없는 여인입니다. 하지만 저는 그녀를 죽여서는 절대로 안 된다는 걸 본능으로 알 수 있습니다. 그것이야말로 죄악입니다. 제발 요안네스를 살려주십시오."

"불가능한 일이오. 에어바하 대주교님은 교황 성하의 지시를 절대 어기지 않소."

"교황 성하는 왜 요안네스를 죽이려는 걸까요?"

"그분은 권위와 질서를 보호해야 할 책임이 있는 분이니 아무나 책을 보아서는 안 된다고 생각하시오. 내 생각에도 책을 찍는다는 것은 사람이 눈으로 보고 손으로 쓰는 게 아니기 때문에 종이에 어떤 이단의 사상이 들어갔는지 판단할 수 없어 아주 위험한 일이오."

발트포겔은 수도원장에게 부탁해서는 요안네스를 살릴 수 없다고 판단했다. 프란체스코 수도회가 운영하는 성 빅토르 수도원은 청빈과 노동이라는 두 원칙을 철저히 지키는 수도원이었고, 따라서 원장으로서는 필사를 포기하고 싶은 마음이 전혀 없을 터였다.

"어떻게 하면 좋을까요?"

"나는 당신이 얘기하는 금속활자인지 뭔지가 마음에 들지 않소. 아마 다른 사제들도 마찬가지일 거요. 하지만 사람을 살리려는 당신의 순수한 열정 앞에서 한 가지 방법이 있다는 사실을 얘기하지 않을 도리가 없소. 에어바하 대주교님을 움직일 수 있는 사람은 이 세상에 단 한 분뿐이오."

"그분이 누굽니까?"

"교황 성하요."

"그러면 그 누구도 소용없다는 뜻입니까?"

"그렇소. 하지만 그분이라면 가능할지도 모르겠소."

"그분이라니요? 누구 말입니까?"

"니콜라우스 폰 쿠에스. 쿠자누스라 불리는 분이오."

"쿠자누스? 어디 계시는 분입니까?"

"어느 교회엔가 계시기도 하고 돌아다니시기도 하는 분이오. 내일 다시 오시오. 내가 알아볼 테니."

"시간이 없습니다. 그사이 요안네스가 화형당할 수도 있습니다."

"그것까지야 어떻게 하겠소. 신의 뜻에 맡기는 수밖에……"

"신의 대리인에게 맡긴 탓에 생겨난 문제입니다."

발트포겔은 조급한 마음을 안고 수도원을 나올 수밖에 없었지만, 다음 날 새벽같이 다시 수도원장을 찾아갔다. 안절부절못하며 기다리던 그는 정오쯤 수도원장으로부터 쿠자누스의 소식을 들었다.

"그분은 지금 여기서 멀지 않은 쾰른 대성당 도서관에 와 계시오. 참, 지금 생각났는데 그분은 광적인 필사본 수집가요. 그러니 미리 말해두지만 그 금속활자인지 뭔지를 좋아할리가 없소."

발트포겔은 배 한 척을 통째로 빌려 폴츠와 함께 라인강의 물결을 따라 쾰른으로 향했다.

철학자, 신학자, 법학자, 천문학자, 교수, 사상가, 성직자, 교회개혁가, 교황전권대사.

쾰른에 도착한 발트포겔은 쿠자누스에 관한 정보를 있는 대로 모았다. 쿠자누스는 당금의 종교 이론을 집대성한 종교학자이자 철학 교수로, 교황에게 대립하는 각국의 제후들을 해박한 지식과 지성으로 설득하여 교회의 통합을 이루어낸 사람이었다. 게다가 그는 유럽 최고의 권력과 부를 가진 인물이었다. 본래 가진 재산도 많은 데다 신성로마제국과 이탈리아의 수많은 성직을 하사받아 성직 봉록지도 굉장히 많았던 것이다.

발트포겔은 교회 통합을 위한 그의 최근 행보에 주목했다. 그는 교황의 전권대사로 비잔틴 왕국을 방문하여 비잔틴 국왕과 공의회를 같이하기로 합의를 보기도 했고, 콘스탄티노플 대주교와도 화해를 이루어냈으며, 그 후 교황의 지시로 신성로마제국 의회와 가톨릭 공의회에서 명연설로 교회 단일화를 성사시키기도 했던 것이다.

"이런 사람을 어떻게 설득해? 말 한마디 걸 수조차 없는 고귀한 신분이잖아."

폴츠는 지레 얼어 있었다. 발트포겔 역시 딱히 무슨 수가 있는 것은 아니었다. 귀족과 평민 그리고 농노의 구분은 엄격했다. 발트포겔도 신흥 직업군에 속하는 수공업자에 상인이라는 지위 아닌 지위를 갖고 있긴 했지만, 상대는 비교조차 할 수 없이 높은 신분이었다.

하지만 발트포겔은 망설임 없이 쿠자누스가 있다는 쾰른 대성당 도서관으로 달려갔다. 성당과 수도원의 필사를 전문으로 하는 그인지라 어렵지 않게 도서관에 들어갈 수 있었다.

"저분이 쿠자누스 대사이십니다."

안내인이 가리킨 곳에는 위엄 넘치는 사람이 홀로 앉아 있었다. 대여섯 권의 두꺼운 책을 책상 위에 펴놓은 채 깊은 독서에 빠져 있는 그는 보이지 않는 성스러운 기운에 둘러싸인 듯하여 감히 범접하기 어려웠다.

발트포겔은 서가에서 책을 한 권 뽑은 다음 뚜벅뚜벅 걸어가 그의 맞은편에 앉았다. 쿠자누스는 전혀 개의치 않는 듯 눈길 한 번 주지 않다가 발트포겔이 불쑥 손을 내밀자 고개를 들어 그의 얼굴을 쳐다보았다.

"이얏!"

발트포겔은 갑자기 고함을 치며 칼을 꺼내 자신의 손등을 찔렀다. 사방으로 피가 튀어 깜짝 놀라는 쿠자누스의 눈앞에 전혀 생소한 물건 하나가 나타났다. 활자가지였다. 이어 고통을 삼키며 가늘게 몸을 떠는 발트포겔의 울먹이는 목소리가 쿠자누스의 귀를 때렸다.

"요안네스를 살려주십시오! 천억 권의 책을 만들 사람입니다."

라벤더

최후의 시간이 되자 은수는 결박되었다. 두 손을 움직이지 못하게 등을 가로지르는 통나무에 묶이고 입에는 헝겊 재갈이 물린 채 고문실로 끌려가는 은수는 통나무의 무게를 이기지 못해 몸이 앞으로 푹 꺾여 있었다. 고문실 문이 열리자 손과 발을 옥죄는 쇠고랑과 신체를 절단하는 각종 기구, 몸을 세로로 써는 톱, 커다란 톱니와 벽에 걸린 체인, 귀를 잘라내는 용도의 기구들이 새로운 속죄양을 기다리고 있었다.

은수는 먼저 기다란 널빤지에 뉘어져 팔과 다리를 결박당했다. 이미 지하 감옥의 간이 고문실에서 온몸이 못에 찔려 검붉은 핏덩어리가 덕지덕지 붙어 있는 참혹한 모습이었으나 고문 기술자들은 아무 감정 없는 표정으로 시뻘건 인두를 눈앞에 들이대고 재판관의 명령이 떨어지기만 기다리고 있었다. 아직 피부에 닿지 않았어도 달궈질 대로 달궈진 인두의 열기에 은수는 눈을 뜰 수가 없었다.

"목숨을 살려준다면 금속활자를 포기하겠느냐?"

은수는 의식이 혼미한 가운데도 재판관을 향해 있는 힘을 다해 내뱉었다.

"논(Non, 아뇨)!"

재판관은 입가에 흡족한 웃음을 떠올렸다. 고문대에 오른 마녀들은 예외 없이 울며불며 자신의 죄를 부정하기 마련이지만 이렇게 대드는 여자는 참으로 오랜만이었다. 최고의 만족감을 선사할 여자의 얼굴에 초점을 맞춘 재판관의 손이 올라가자 시뻘건 인두가 은수의 눈알에 닿을 정도로 다가왔다.

"우선 눈알 하나를 뽑고 다시 묻겠다."

재판관의 손이 막 내려가려는 순간, 고문실의 문이 쾅 소리와 함께 열리며 다급한 에어바하 대주교의 목소리가 울려퍼졌다.

"멈춰라!"

그야말로 인두가 눈알을 지지려던 찰나였다. 인두를 든 자가 흠칫하는 사이 에어바하 대주교가 급히 달려가 인두를 빼앗았다.

"대주교님, 감사합니다. 하느님이 역사하셨습니다."

"다행이오, 쿠자누스 대사."

에어바하가 은수를 구하기 위해 몸소 거동한 것은 자신이 대주교로 선출되는 데 결정적인 도움을 준 쿠자누스의 부탁을 거절할 수 없었기 때문이었다. 로마 교황청은 마인츠시가 선출한 에어바하에 반대하며 다른 인물을 내세웠지만, 쿠자누스가 나서서 교황을 설득한 덕분에 그가 대주교로 봉해질 수 있었던 것이다. 게다가 쿠자누스가 교황에게 만만하게 밀릴 인물이 아니라는 그의 판단도 작용했다.

"그 아이가 여기 와서 곧바로 금속활자를 만들지 않아 이상하다 생각했는데 아마도 대사를 기다렸던 모양이오. 어디 멀리 보내 남들 눈에 띄지 않게 해야 합니다. 물론 이름도 바꿔야지요."

쿠자누스는 숙고한 끝에 은수를 아비뇽의 고르드 수녀원에 맡기기로 했다. 자신이 신뢰하는 율리아나 수녀원장에게 각별한 보호를 요청하기 위해 몸소 그들과 동행하기까지 했다.

죽음의 문턱에서 살아난 은수는 아직 고문의 후유증에서 다 회복되지 않은 몸이었지만 아비뇽으로 떠나는 마차 앞에서 하늘을 우러러보며 해맑게 웃었다. 다시는 느껴볼 수 없을 것 같았던 찬란한 햇살을 온몸에 받으며 은수는 두 사람의 손을 꼭 잡았다. 감옥에 있는 동안 한결같은 마음으로 챙겨준 순박한 청년 폴츠, 한 번도 본 적 없는 자신을 위해 손등을 칼로 찔러가며 살려줄 것을 간청했던 발트포겔.

세상은 신비로웠다. 증오와 저주와 고문과 화형이 있는 지옥 같은 세상이건만, 다른 한편에는 이렇게 선한 사람들도 있다는 사실이 놀랍기만 했다.

자신을 양녀로 받아들이고 도피시켜준 유겸, 객주에서 불한당을 제지하던 이름 모를 노인과 손님들, 모두 자신이 힘들어지더라도 남을 위해 나서는 거룩한 이들이었고 영원히 기억에 남을 이들이었다. 은수는 목에 걸린 은십자가 목걸이를 가만히 쓰다듬으며 목걸이에 새겨진 글귀를 되뇌었다.

"템푸스 푸지트, 아모르 마네트(Tempus Fugit, Amor Manet)."

은수는 라틴어를 깨우치면서 이 글귀가 '세월은 흘러도 사랑은 남는다'는 뜻인 걸 알게 되었다. 할아버지는 이 목걸이가 모든 악귀를 물리치는 영물이라고 했는데, 결국 지금까지 자신을 지켜준 것도 사랑이었다고 느꼈다.

은수는 목숨을 내놓더라도, 견딜 수 없는 고통이 육체를 갉아먹더라도 정신만은 굽히지 않으리라 맹세하며 아버지가 걸었고 상감이 가시는 길을 따르리라 다짐했다. 상감이 숨어 다니면서, 그리고 아버지가 목숨을 걸어가며 글자를

157

만들고 금속활자로 책을 찍어 세상에 퍼뜨리려는 뜻이 바로 이러한 사람들의 행복을 위한 희생이라 생각하자 가슴이 저려왔다.

'이제 알겠어요, 아버지. 매일매일 죽음의 공포와 가난 속에서 숨죽이며 겨우 연명하는 불쌍하고 가난한 사람들을 도와 그들에게 힘을 주시려는 거잖아요. 저도 죽는 한이 있더라도 그 길을 가겠어요. 어디서든 씨를 퍼트리면 시간이 흐르고 흐른 어느 날엔가는 이 세상 모든 사람이 결실을 누리게 될 거예요. 힘없고 가난한 사람들도 마음대로 책을 보고 행복하게 살 수 있도록 할 거예요. 아버지, 지하에서 지켜보고 계셔요.'

다시 만난 세상은 은수에게 새로운 의미로 다가왔다.

"아비뇽에 오신다니 우리에게는 큰 기쁨입니다. 시내에 나오시면 연락 주세요. 이제 저도 고향에 내려가 살 거예요."

은수는 폴츠와 맞잡은 손에 힘을 주었다.

"저희 집에서 차를 대접하고 싶습니다. 제 아내도 무척 좋아할 겁니다. 요안네스처럼 이지적인 여성을 좋아하거든요."

곁에 있던 발트포겔도 한마디 거들었다.

"네, 수녀원 규칙을 모르겠지만 가능하면 찾아뵐게요."

"참! 대사님께서 요안네스의 이름을 바꿔야 한다고 그러셨는데……."

발트포겔은 마침 다가온 쿠자누스에게 말했다.

"요안네스의 새 이름은 대사님께서 지어주시는 게 좋겠습니다."

"생각해보겠소."

은수는 한동안 두 사람의 손을 놓지 못하다 이윽고 마차에 올랐다.

"대사님, 요안네스를 잘 부탁드립니다. 그리고 수녀원장님께 잘 얘기해주셔야 합니다. 아비뇽 시내에 자주 나올 수 있도록 말입니다."

두 필의 말이 끄는 마차는 짙은 녹색의 평원과 산록이 번갈아 나타나는 길을 쉼 없이 달렸다. 워낙 바쁜 일이 많은 쿠자누스의 일정을 고려한 마부는 간단없이 채찍을 휘둘렀고 쿠자누스는 가끔씩 은수를 바라보기만 할 뿐 말이 없었다.

교회의 통합을 이끌어냄으로써 만인의 사도라 불리는 쿠자누스는 다방면에 깊은 지식을 쌓고 있는 사람이었다. 이미 젊은 나이에 교황의 전권대사로 많은 업적을 이루어낸 그는 타종교에 대해서도 공감할 줄 알았기에, 이슬람교와의 통합이라는 주제를 놓고 종교사상가와 토론도 벌였다. 그는 또한 고대 그리스 문화와 철학은 물론이고 타 문화권의 동향에 대해서도 관찰을 게을리하지 않았다.

"음, 좋은 생각이 떠오른 것 같소."

내내 침묵을 지키던 쿠자누스는 어둑해질 무렵 마지막 남은 빛줄기를 거둬들이는 하늘을 멍하니 바라보다 갑자기 밝은 표정을 지으며 은수를 바라보았다.

"네? 무슨……."

"이름 말이오. 당신이 멀리 코리에서 왔으니 코리에서 온 미인이라는 뜻으로 카레나라고 하는 게 어떻겠소?"

"카레나? 혹시 코리의 헬레나라는 뜻인가요?"

은수는 라틴어에도 이해가 깊어 금세 쿠자누스의 조어 방식을 깨닫고는 입속으로 두어 번 되뇌었다.

"그렇소. 잘 알겠지만 헬레나는 최고의 미인으로 알려져 있소."

"고맙습니다. 마음에 꼭 드는군요. 그리운 제 나라가 이름에 들어가니 의미도 충만하고 어감도 좋아요."

"당신은 본래 언어에 재능이 넘치는 것 같소. 외국에서 왔는데도 라틴어 어휘가 쉽게 나오는 걸 보면."

"중국에서 출발해 바티칸에 이르기까지 2년을 여행하는

동안 라틴어를 깊이 공부했거든요. 마침 베르나스 신부님이
두꺼운 라틴어책을 두 권 갖고 계셨어요."

"코리는 중국에서 멀리 떨어진 곳이오?"

"바티칸에서 마인츠까지가 코리의 수도 한양에서 중국의
수도 북경까지보다 멀어요."

"아, 그럼 그리 먼 편은 아니군요."

"네."

"코리는 어떤 나라요?"

"작은 나라예요. 중국의 등쌀에 무척 힘들어하는 슬픈 나
라죠. 하지만 누구보다 백성을 사랑하시는 왕이 계셔요."

은수의 뇌리에 상감의 얼굴이 떠올랐다. 글자 쓰기 내기를
하시던 모습, 짐짓 지지 않으려 악을 쓰시던 모습, 지고 나서
그리도 즐겁게 웃으시던 모습…… 은수는 눈물이 나려 하
는 걸 마음속으로 가나다라마바사 아자차카타파하를 외며
간신히 참아냈다.

"이름이 정말 마음에 드오? 억지로 좋다고 하는 건 아니오?"

"네. 유일한 자식으로서 아버지 시신도 수습하지 못해 늘
마음에 걸렸는데, 대사님께 코리가 들어간 이 이름을 받은
순간 이상하게도 아버지를 모시고 있는 듯한 느낌이 들어요.
아버지도 좋아하실 거예요."

인사치레로 하는 말이 아니라 은수는 자신의 이름에 꿈에
도 잊지 못할 고국의 이름이 들어가자 온몸이 새로운 기운으
로 채워지는 듯했다. 비록 아버지를 불의에 여의고 자신도
고국을 등져야 했지만 그리운 산천도, 어린 시절의 기억도,
아버지 어머니 할아버지의 모습도 언제나 기억 속에 남아 있
다 갑자기 불쑥불쑥 떠오르곤 했던 것이다.

"아버님은 어떻게 돌아가셨소?"

"코리의 국왕이 비밀리에 만드시는 글자가 완성되면 그걸
금속활자로 찍어 온 천지에 뿌리는 게 아버지의 꿈이었어요.
하지만 그에 반대하고 중국을 섬기는 데 정신이 팔린 모리배
의 칼에 목숨을 잃으셨어요. 돌아가시기 직전 제게 이 목걸
이를 걸어주셨어요. 이 목걸이 건너편에 계신 아버지께서 저
를 구해주신 대사님께 감사하고 계실 거예요."

쿠자누스는 카레나를 위한 기도를 시작했다.

며칠을 숨 가쁘게 달린 마차는 커다란 말뚝에 세낭크라는
이름이 새겨진 한 고요한 수도원 앞에 도착했다.

카레나가 수도원 담장 밖을 가득 메운 진한 보라색 라벤더
꽃밭을 보고 소녀처럼 좋아하자 쿠자누스는 마차를 멈추게
하고 내려서는 카레나에게 손을 내밀었다. 카레나는 쿠자누

스의 손을 잡고 마차에서 내리며 자꾸 웃음이 나오는 걸 참을 수 없었다. 조선에서였으면 이렇게 백주 대낮에 외간 남자의 손을 잡는 일은 평생 없었을 것이다.

"수도사들은 청빈, 순종, 순결을 정신의 목표로 하는 한편 노동을 수양의 방편으로 삼아요. 이 라벤더 꽃밭은 그 신성한 노동의 정수지요. 상상해보세요. 자연의 생명체 중 가장 아름다운 꽃이라는 생물이 지극히 순수한 인간의 노동에 의해 태어나는 순간을."

쿠자누스의 얘기가 귀에 들어오는 순간 은수는 문득 신미대사를 떠올렸다. 언젠가 그도 이런 말을 하지 않았던가.

"불교에서는 그 순간을 화엄華嚴이라 해요. 본래는 수많은 덕을 쌓아 높은 수양의 경지에 오르는 걸 얘기하지만 제가 아는 신미대사님은 그걸 꽃에 비유한 적이 있어요. 지금 쿠자누스 대사님처럼요. 글자의 원뜻으로 보면 그렇게 보는 것이 맞아요. 저는 그 해석이 좋아요."

"화엄?"

"네. 꽃이 피다라는 뜻의 '화'와 장엄하다는 뜻의 '엄'이에요. 그대로 해석하면 꽃이 핀다는 사실의 장엄함이죠. 방금 얘기하신 것과 같아요. 하지만 그 말에는 연약하기 짝이 없는 작은 싹이 혼신의 힘을 다해 그 무거운 땅의 무게를 이겨

낸 후 세상으로 몸을 내미는 순간의 장엄함을 마음에 담고 수양에 정진하라는 뜻이 담겨 있어요."

쿠자누스는 적이 놀랐다. 매우 총명한 처녀인 줄은 느끼고 있었지만 이런 말까지 할 수 있으리라고는 생각하지 못했던 탓이었다. 물론 쿠자누스가 놀란 것은 불교라는 종교의 교리가 워낙 심오했기 때문이었다. 하지만 이러한 개념을 명확하게 파악하여 뇌리에 담고 있다가 적확하게 설명해내는 카레나의 총명함에 쿠자누스는 탄복하지 않을 수 없었다.

"이 꽃에는 향을 내는 기름이 있소. 정신이 맑아지고 마음이 안정되기 때문에 수도사들이 좋아해요. 옛 로마 시대에는 여인들이 욕조 안에 라벤더를 넣고 목욕을 했소."

"네, 향도 좋지만 색도 정말 고와요. 이 라벤더 꽃밭에서 평생 살 수도 있을 것 같아요."

"코리에도 꽃말이 있소?"

"글쎄요. 잘 모르겠어요."

"라벤더의 꽃말이 뭔지 알아맞혀보겠소?"

"글쎄요, 아모르(Amor, 사랑)?"

쿠자누스는 고개를 가로저었다.

"베리타스(Veritas, 진실)?"

"아니요."

"말씀해주세요. 온종일 해도 못 맞힐 것 같아요."

"듣고 나면 놀랄 거요."

"아, 알겠어요. 파씨오(Passio, 고통) 같은 거군요?"

"비슷한가……."

쿠자누스는 잠시 고개를 갸웃거리더니 어느 정도 인정한 다는 뜻으로 고개를 끄덕였다.

"두비움(Dubium, 의심)이요."

"아, 그건 뜻밖이네요. 좋지 않은 뜻일 거라고 짐작은 했지만 설마 의심일 줄은 몰랐어요."

쿠자누스는 은수를 물끄러미 바라보았다. 마지막 남은 잔광 한 줄기가 그의 얼굴을 스치면서 여느 때와 달리 들뜬 기색이 엿보였다.

"의심이 믿음보다 더 좋을 때가 있소."

"설마요? 언제?"

"학문을 할 때요."

"아, 그럴 수 있겠네요."

은수는 문득 쿠자누스처럼 끝없는 학문의 세계에 빠지고 싶다는 생각이 들었다. 조선에서는 누가 어떤 방법으로 충성했는지, 어떤 효도를 했는지, 어떻게 예를 갖추었는지가 뭉뚱그려진 채 그것이 학문이고 법이었지만 여기는 달랐다. 당장 이 사람 쿠자누스만 해도 수학, 공학, 법학, 신학, 철학, 제왕학까지 수많은 독립된 학문을 했고, 대학에서 박사학위까지 받았다는 것이다.

"제왕학이란 어떤 학문이죠?"

문득 그의 전공 중 하나인 제왕학이 궁금해진 은수가 물었다. 쿠자누스는 잠시 야릇한 표정을 짓더니 대답했다.

"어떤 왕이, 어떤 제후가 국가를 부유하게 하고 백성을 편안하게 했나를 먼저 역사 기록에서 확인하고, 거기서 어떤 법칙이나 원칙을 찾아내는 학문이오. 그런데 사실 좋은 왕이나 제후는 극히 드물어요. 그래서 학문의 방향이 앞으로는 반대가 될 거요."

"반대요? 어떻게요?"

"어떤 이를 왕으로 만들 것이냐, 혹은 어떤 왕을 끌어내릴 것이냐."

임금에 대한 충성을 삶의 기본 조건으로 알고 살아온 은수에게는 청천벽력과도 같은 얘기였다. 쿠자누스의 이야기는 갑자기 은수의 마음을 확 사로잡았다.

바람이 불어오자 라벤더 꽃잎들이 춤을 추듯 흔들리며 뿜어내는 향기가 콧속 가득히 스며들었다.

"정말 머리가 시원해져요."

"여기 좀 더 있겠소? 수도원에 들어갔다 올 테니."

"네, 다녀오세요."

수도원으로 걸어 들어가는 쿠자누스의 뒷모습을 보는 은수의 가슴에는 조선을 떠난 이후 처음 느껴보는 따스함과 편안함이 밀려왔다.

쿠자누스.

목숨을 구해준 사람이다. 하지만 그게 다가 아니었다. 그는 그리운 조국 코리를 넣어 이름도 지어주었다. 그 이름은 살아갈 힘과 용기를 주었고, 외로움도 잊게 해주었다. 게다가 그는 다양한 학문에 밝은 사람이었다. 은수는 문득 자신도 세상의 모든 학문을 접해 쿠자누스와 마음껏 토론하고 싶다는 포부가 생겨났다.

수녀원의 율리아나 원장은 신앙심이 깊을 뿐만 아니라 원칙에서 벗어나는 걸 무엇보다 싫어하는 성품이었다. 그리고 한번 약속한 것은 목숨을 버리더라도 지켰다. 따라서 쿠자누스는 무슨 일이 있어도 카레나를 바티칸에 내주지 않겠다는 수녀원장의 약속을 받기만 하면 되었다.

본래 수도원이나 수녀원은 교황에 대해 절대적 신뢰와 지지를 보내왔지만 스페인, 프랑스, 신성로마제국, 이탈리아 전역에 퍼져 있는 수많은 수도원들은 오랜 세월에 걸쳐 교회의 통합에 신명을 바쳐온 쿠자누스를 빈번히 바뀌는 교황들보다 더 신뢰하고 있었다.

특히 율리아나 원장은 과거 쿠자누스로부터 큰 은혜를 입은 적이 있어 쿠자누스는 안심하고 고르드 수녀원에 은수를 맡기고 길을 떠났다.

로마에 도착한 쿠자누스는 바티칸궁에 들어가기 전에 먼저 포로 로마노의 유적지로 발걸음을 옮겼다. 한때 세상에서 가장 화려하고 웅장한 건물들이 즐비했던 이곳은 쇠락하여 양 떼들이 풀을 뜯는 폐허가 되어 있었다. 쿠자누스는 건축에 조예가 깊은 사람이었지만 한편으로는 깊은 사색의 심연으로 이끄는 폐허를 좋아해 비가 오는 날이면 종종 남몰래 여기에 와서 혼자 술을 마시곤 했다.

"니힐(Nihil, 허무)!"

사제가 술을 마시는 건 문제가 되지 않았지만 허무란 단어는 예사롭게 내뱉을 수 있는 말이 아니었다. 신이 창조한 이 조화롭고 엄격하게 짜인 세상을 허무하다 규정하는 건 계율을 어기는 것과 다르지 않았고, 어쩌면 이단으로 간주될 수도 있었다.

쿠자누스는 누구보다 신심이 깊고 교회법에 정통한 데다

바티칸에서도 화려한 경력을 쌓아 최고의 지위에 올랐지만, 그의 지성은 그리스 철학과 맥이 닿아 있었다. 사제에게 그리스 철학이란 신의 존재를 설명하는 논리 이상의 가치를 가져서는 안 되는 것이었다. 하지만 그는 여느 사제들과 달리 그리스 철학을 신과 관계없이 있는 그대로 받아들였다.

"카레나."

자신이 직접 이름을 지어준 여인. 다른 문명에서 온 이국적 매력이 가득한 여인. 무엇보다도 그녀는 총명하고 차분했다. 현란한 말솜씨로 자신을 뽐내는 수많은 여성들과 달리 그녀는 말이 없는 가운데 놀라운 지혜를 드러내 보이고 있었다.

이 모든 것이 하느님의 뜻인가? 그렇다면 하느님은 어떤 의도에서 나를 이리로 이끄신 것인가? 인간이 하느님의 뜻을 제대로 파악할 수 있을까? 인간이 절대진리에 도달할 수 있을까? 도달할 수 있다면 그것이 어떻게 가능할까? 그리고 그 진리는 어떤 단계의 것일까? 내가 알 수 있는 것은 무한한 하느님의 뜻을 인간인 내가 알 수 없다는 것뿐이 아닌가.

이런저런 생각을 하는 쿠자누스의 머리에 자꾸 카레나가 떠올랐다. 처음에는 지상 최고 권력자에게 목숨을 빼앗길 뻔한 한 여인을 구했다는 보람과 만족감을 느끼기 위해서라고 생각했다. 하지만 어느새 카레나의 모습은 기도 사이사이에 스며들었고, 언제부터인가는 모든 것에 앞서 가슴과 머리에 자리 잡고 있었다.

쿠자누스는 자신이 카레나를 빼돌린 일에 대해 교황이 불같이 노했다는 사실을 알고 있었다. 이제 바티칸에 들어가면 교황과의 충돌은 불가피했다. 교황과의 관계나 바티칸에서의 미래를 생각하면 가지 말았어야 할 길이었다. 하지만 쿠자누스는 자신이 그 부당함 앞에 눈을 감지 않았다는 사실에 오히려 안도했다.

쿠자누스는 누구든 마음에 들지 않으면 마녀로 몰아 잔혹하게 죽이는 행위에 반대했지만, 교황에게 반발한다는 건 자살 행위나 다름없었기에 자제할 수밖에 없었다. 하지만 자신의 손등을 찌르면서까지 카레나를 살리려던 발트포겔을 본 순간 그는 나서지 않을 수 없었다.

"성모님, 제게 힘을 주십시오!"

반나절이 지나도록 깊은 사색에 빠져 있던 쿠자누스는 이윽고 자리에서 일어나 바티칸궁으로 향했다. 언제나 온화하기만 하던 그의 얼굴에 중대한 결심을 한 사람의 단호함이 엿보였다.

"쿠자누스, 그대는 신성로마제국 의회에서 행한 명연설로 교회는 단합을 마무리 지었다. 그대의 위업은 만고에 빛날 것이며, 그대는 미래의 지도자로서 명성을 확실히 굳혔다. 나는 추기경단과 함께 그대를 칭송하노라."

하지만 공식적인 환영행사가 끝나자 교황은 쿠자누스를 거세게 몰아붙였다.

"쿠자누스, 그 여자가 왜 악마의 씨앗인지 모르겠나?"

"알지 못합니다."

"그 여자는 책값을 반으로, 아니 반의반으로, 아니 그것의 반으로, 또 반으로 떨어뜨려. 그 결과가 무언지 정말 모르겠나?"

"죄를 사하여 주옵소서."

"가난하고 무식하고 저급하고 비열한 자들이 다 책을 보게 된다. 세상은 시정잡배의 성토장이 되어버려. 네가 그 여자를 어디에 숨겼는지, 왜 숨겼는지 묻지 않겠다. 단 한 자라도 금속활자가 세상에 나오면 너를 파문하겠다."

"죄를 사하여 주심에 감사드리나이다."

쿠자누스는 사람들의 예상과 달리 깊이 고개를 숙이고 접견실을 나왔다. 그는 단 세 번 입을 뗐는데, 모두 교황에게 순종하는 말이었다. 아니 순종하는 정도가 아니라 완전히 납작 엎드린 꼴이었다. 그러나 돌아서서 나오는 쿠자누스의 눈섭이 꿈틀했다. 오랜 사색 끝에 포로 로마노에서 일어나던 순간 그의 마음속에는 훨씬 더 큰 복수가 자리 잡고 있었던 것이다.

침잠의 방

바티칸궁에서 교황에게 완전히 무릎을 꿇은 지 1년이 지난 어느 날, 쿠자누스는 어둑해질 무렵 고르드 수녀원을 찾았다. 누구와도 거침없이 토론하며 확신과 신념 그리고 자신감에 빛나던 그의 얼굴 위에 어두운 그림자가 드리워 있었다. 은수는 직감적으로 교황을 떠올렸다.

"말씀 나누시지요. 저는 할 일이 있습니다."

율리아나 원장이 견디기 힘든 거북함을 모면하기 위해 자리를 피하자 은수는 애써 초조한 마음을 감추고 물었다.

"대사님, 무슨 일이 있었던 건 아니죠?"

"문제가 생겼소."

은수는 침착하기 이를 데 없는 쿠자누스가 문제라는 직선적 어휘를 쓰자 가슴이 철렁 내려앉았다. 강종배에게 보쌈당해 조선을 떠난 후로는 언제 죽어도 좋다는 생각을 하며 살았고, 마녀재판으로 참혹한 고문을 받을 때는 차라리 빨리 죽는 것이 행운이라는 생각도 했지만, 쿠자누스라는 인물이 등장한 이후로는 살고 싶다는 생각이 용솟음쳤던 것이다.

"제게 말씀해주실 수 있나요?"

쿠자누스는 한참이나 입술을 굳게 다물고 있다 마침내 결심한 듯 무거운 목소리를 밀어냈다.

"카레나, 당신이 내 머리에서 떠나지 않소."

감정이 드러나지 않도록 철저히 훈련된 그의 청회색빛 눈동자가 미동도 없이 은수의 두 눈에 포개졌다.

은수는 아무 말도 할 수 없었다.

"내 머리에서 당신을 내보내기 위해 늘 기도했소. 그러나 기도는 한 번도 이루어지지 않았소."

쿠자누스는 모국어인 독일어는 물론이고 라틴어, 아랍어에 이르기까지 여러 나라 언어에 통달했을 뿐만 아니라 비잔틴 제국의 국왕을 설득하고 콘스탄티노플의 대주교를 끌어들인 달변가였지만 사랑의 언어에는 어설프기 짝이 없었다.

은수는 자신도 모르게 손을 뻗어 쿠자누스의 손 위에 가만히 올려놓았다. 그러나 그런 자신의 행동에 놀란 듯 얼른 손을 빼 다시 수녀복 소매 속으로 감추었다. 그녀의 마음속에는 자신도 가늠할 수 없는 무수한 말들이 피어올랐지만, 그 말들은 실타래처럼 얽혀 단 한 마디의 말로도 표현되어 나오지 못했다.

"악마가 들었다 생각했지만……, 어느새 코일리바투스(Coelibatus, 성직자의 독신주의)라는 단어를 슬며시 지워버리고 있는 나를 깨달았소."

어려서부터 가톨릭에 몸을 던진 쿠자누스는 지금까지 어떤 여성에 대해서도 관심을 가져본 적이 없었을 뿐 아니라, 진정코 그의 관심을 끈 여성도 없었다. 성령의 인도에 따라 교리에 순종하며 한편으로는 지식의 탐구에 몰입했던 쿠자누스는 본능에 따라 여성에 대한 끌림이 일어날 때면 기도로 물리치곤 했다.

하지만 지금 이 순간 그는 제어할 수 없는 어떤 힘에 의해 결코 해서는 안 될 말을 하고 말았다. 그럼에도 그의 가슴은 신을 거역한다는 두려움보다 환희로 벅차올랐다.

쿠자누스의 말을 조용히 듣고 있던 은수의 얼굴은 하얀 두건 위 검은 베일 속에서 살굿빛으로 물들었다. 스무 살이라는 어린 나이에 삶과 죽음의 경계를 넘나들었건만, 은수의 얼굴은 한없이 여리고 순수했다.

"나는 그 얼굴에서 구원을 얻고 싶소."

오랜 침묵이 흘렀다. 쿠자누스의 강렬한 눈빛을 느끼면서도 입을 꼭 다물고 있던 은수의 입술에서 못내 한마디가 새어 나왔다.

"저는 그냥 라벤더가 좋은 줄로만 알았어요."

쿠자누스의 얼굴이 순식간에 환해졌다.

"그간 세닝크 수도원 앞의 꽃밭을 산책할 시간이 있었소?"

쿠자누스는 기도와 노동으로 일관되는 수녀원의 고된 일상을 누구보다 잘 알고 있었다. 특히 하루 일곱 번, 세 시간마다 바닥에 엎드려 신께 올리는 기도는 끊임없는 심적·육체적 고통을 동반하는 행위였다. 더구나 게으름을 막기 위해 채소밭이나 약초밭에서 일할 때조차 절대 허리를 펴서는안 된다는 엄격한 규율이 적용되는 수녀원에서 카레나가 세닝크 수도원까지 가서 산책했을 리 만무하다는 걸 그가 모를리 없었다.

"그날 이후 라벤더는 늘 피어 있었어요. 제 안에서……."

율리아나 원장은 엄격한 사람이었지만 예사롭지 않은 표정의 쿠자누스와 카레나를 붙잡을 수는 없었다. 카레나가 처한 상황을 너무도 잘 알았기 때문이었다. 두 사람은 어둠이 내린 세닝크 수도원까지 이어진 길을 나란히 걸었다.

176

"아, 라벤더 향 때문인지 밤인데도 세상이 온통 보랏빛으로 물든 것 같아요."

아버지가 자객의 손에 비명횡사하고, 명에 끌려가 온갖 위험을 겪고, 멀고 험난한 길을 지나 바티칸에 도착했으며, 마인츠에서도 죽을 고비를 넘기고 난 후 은수는 마침내 이곳 수녀원에 이르렀다. 시간이 멈춰 선 것만 같은 곳, 삶과 죽음의 경계가 사라진 느낌을 주는 이곳 수녀원에서 은수는 자신이 그저 무의미하게 흐르는 구름과 다르지 않다고 생각했었다. 그러나 쿠자누스의 방문은 무색의 삶에 아름다운 색채를 선물했다.

쿠자누스는 멈춰 서서 은수를 바라보았다. 위대한 성직자 쿠자누스의 표정은 한없이 부드럽고 따뜻했다. 은수는 지금 죽어도 좋다는 마음에 당당하게 그의 눈을 마주 보았다.

"나는 당신을 지킬 거요. 그 누구도, 그 무엇도 당신을 해치지 못하오. 내가 있는 한."

"말씀 안 하셔도 잘 알아요."

쿠자누스는 크고 두꺼운 손을 뻗어 작고 여리여리한 은수의 손을 잡았다.

"저를 지켜주셔서 감사해요."

두 사람은 서로의 뺨에 손을 갖다 댔다. 따뜻한 체온이 서

로에게 전해졌다. 푸르스름한 달빛 아래 두 사람의 눈동자가
유난히 빛났다.

　다시 걸음을 옮기기 시작한 두 사람은 손을 맞잡은 채 숲
속 한가운데로 난 작은 길을 지나 세낭크 수도원의 라벤더
꽃밭이 눈에 가득 들어오는 담장 옆 벤치에 나란히 앉았다.

　산록을 훑으며 불어오는 시원한 바람이 더위를 잊게 해주
었고, 어디선가 들려오는 이름 모를 풀벌레 소리가 수도원의
고즈넉한 정취를 한껏 끌어올렸다. 두 사람이 눈길을 모은
채 바라보고 있던 산등성이 너머로 길게 별빛이 그어졌다.

　"아, 별똥별이에요."

　"다시 태어난다면 성직자가 되지 않을 것 같소."

　"저는 성직자가 될 것 같아요."

　두 사람은 마주 보고 웃었다. 라벤더의 보랏빛 색조와 달
빛이 어우러지면서 신비한 분위기를 자아냈다. 은수의 나지
막하고 잔잔한 목소리가 진한 라벤더 향을 타고 쿠자누스의
귀에 배어들었다.

　"이제 저를 가둘 거예요. 이 순간이 영원토록 세상에 드러
나지 않게요."

　"무슨 얘기요?"

　"이제 다시는 저를 찾지 마세요."

쿠자누스의 당혹스런 눈길이 은수의 얼굴에 날아가 멎었다.

"왜 그런 말을 하는 거요? 내가 얼마나 당신을 사랑하는지 알면서."

"제 삶에 이보다 더 행복한 순간은 없었어요. 그리고 이것이 우리의 마지막 순간이기도 해요. 쿠자누스, 나를 위해 한 가지 약속해주세요."

"……."

"꼭 지키겠다고 맹세해줘요."

"맹세하겠소."

"당신이 금속활자를 온 세상에 퍼뜨려주세요. 저의 아버지가 가셨던 길이고, 제가 가장 따랐던 분이 가시던 길이에요."

"가장 따랐던 분이 누구요?"

"제 나라 코리의 왕이시죠. 그분은 제가 따르는 술을 거절하셨어요. 첫 잔을 낭군에게 줘야 한다며 저를 지켜주셨어요. 그리고 가난하고 못 배운 백성들을 위해 글자를 만드셨어요. 글을 가져야 강해진다 말씀하셨죠."

"글자를 만든단 말이오? 그게 어떻게 가능하오? 글자란 오랜 세월을 두고 저절로 만들어지는 건데."

"가나다라마바사, 아자차카타파하. 저의 상감은 누구나 한

나절이면 배울 수 있는 이 쉬운 글자를 만드셨어요. 글자를 움켜쥐고, 지식을 움켜쥐고, 권력을 움켜쥔 탐욕스런 지배자들로부터 벗어나 가난하고 힘없는 백성들이 힘을 기르고 행복을 찾을 수 있도록요."

"아!"

쿠자누스는 은수의 말에 가슴이 터져나갈 듯한 충격을 받았다. 가난하고 힘없는 사람들을 위해 왕이 글자를 만들어주다니. 그런 일이 있을 수 있는 건가. 과연 세계사에 전무후무한 이런 일이 실제로 있었단 말인가.

"왕이 그랬단 말이오?"

"네."

"코리의 왕이?"

"네."

"정상적인 권력을 가진 왕이 맞소?"

"네. 그분은 만인의 위에 계신 분이지요. 말씀 한마디로 만백성을 죽일 수도, 살릴 수도 있는 분이지요."

"그런데 그런 분이 백성을 위해 글자를 만들어준다는 말이오?"

"그렇습니다. 코리에서 쓰는 중국의 글이 너무 어려워 소수의 지배층이 아니면 글을 배울 시간을 낼 수 없고 스승을 모실

수도 없으며, 설사 총명한 사람이 어깨너머로 배운다 해도 지식과 권력을 세습해온 그들의 마당 안으로 들어갈 수 없어요. 그래서 상감께선 백성을 위해 새 글을 만드신 거예요."

은수의 말이 끝나기도 전에 쿠자누스가 눈을 감고 두 손을 모았다.

"하늘에 계신 하느님 아버지, 당신께서 독생자를 우리에게 보내신 건 어리석은 우리에게 희생을 가르치려 하신 것임을 우리는 알고 있습니다. 하지만 지금 이 땅의 권력자들은 약하고 가난한 당신의 백성들을 위하여 희생할 줄 모릅니다. 도리어 주 예수 그리스도께서 보여주신 이적을 백성으로 하여금 자신들을 섬기게 하는 데 이용하고 있습니다. 저 또한 그 대열의 맨 앞에 서 왔음을 고백하오니 저의 죄를 사하여 주옵소서.

멀리 코리의 왕이 자신들의 백성을 위하여 글자를 만들어주었다는 사실을 통해 오늘 하느님 아버지께서 제게 일깨워주신 뜻을 깊이 깨닫고자 합니다. 백성들로 하여금 저를 섬기게 하지 말고 저로 하여금 백성을 섬기게 하라는 소명임을 직관하였는 바, 저는 당신께서 카레나를 통하여 제게 계시하신 대로 금속활자를 퍼뜨리는 데 소임을 다하고자 하나이다. 아버지의 뜻이 하늘에서와 같이 땅에서도 이루어지소서. 주

예수 그리스도의 이름으로 기도하나이다."

은수는 두 손을 모으고 진심으로 쿠자누스의 기도에 동참
했다.

"상감께서 성공하셔서 조선의 백성들이 금속활자로 찍은
새 글자를 보고 있는 모습을 그리며 잠들곤 했어요. 이제 당
신이 이 땅에 금속활자로 책을 찍어 힘없고 가난한 사람들에
게 보급해주세요. 그러면 언젠가는 세상 모든 곳에서 모든
사람이 물을 마시듯 책을 볼 거예요. 그건 상감의 꿈이고, 제
아버지의 꿈이고, 저의 꿈이에요. 지금 기도하신 대로 꼭 당
신이 이루어주셔야 해요."

"우리가 같이 하면 되잖소."

"저는 방해가 될 뿐이란 걸 우리 둘 다 알아요. 쿠자누스,
이 세상 모든 가난하고 힘없는 사람들을 위해 우리 사랑을
희생하기로 해요. 쿠자누스, 세상에서 제일 똑똑한 사람을
찾아 제게 보내주세요. 그에게 금속활자 만드는 법을 알려줄
게요. 그리고 저는 침잠의 방으로 들어갈 거예요."

"아……, 안 되오!"

유럽에는 침잠의 방을 가진 수도원이 다수 있었고, 간혹
이 방에 들어가 오래도록 나오지 않는 수도자들도 있었다.
아주 오랜 세월 나오지 않으면 성인 혹은 성녀로 불려 수도

원의 명성을 올려주는 경우가 있어 수도원들은 이 방에 들어가는 수도자를 만류하지도 끌어내지도 않았다.

"이것은 저의 운명이에요. 그리고 당신과 함께 도달한 최고의 사랑을 온전히 남길 수 있는 유일한 길이에요. 쿠자누스, 저는 이곳의 최고 지성인 당신을 사랑했고 당신의 사랑을 받았어요. 저는 당신을 통해 이곳에도 참된 지성이 있다는 걸 알게 되었어요. 제 상감의 희생을 단숨에 깨닫는 걸 보고 저는 진정한 행복을 느꼈어요. 쿠자누스, 부탁할게요. 당신의 지성을 모든 사람에게 나누어주세요. 모진 위험 속에서 비밀리에 새 글자를 만드시던 제 상감의 바람, 그 글자를 금속활자에 담아 모든 사람에게 나눠주겠다던 제 아버지의 바람을 부디 당신이 이루어주세요."

두 사람은 자리에서 일어나 서로를 마주 보았다. 쿠자누스는 그녀를 품에 안은 채 두 손을 모았다.

"주여, 카레나의 바람을 이룰 수 있도록 제게 힘을 주소서."

짙은 라벤더 향이 담긴 바람이 쿠자누스의 기도를 품은 채 산등성이 저 너머로 떨어지는 별똥별을 향해 달려갔다.

스타 탄생

"존경하는 교황 성하 에우제니오 4세의 전권대사, 니콜라우스 폰 쿠에스 님께 문안드리옵니다."

웅장한 쾰른 대성당 접견실의 육중한 갈색 나무문이 열리자 키가 훤칠한 한 남자가 들어섰다. 그는 문 앞에서 무릎을 꿇으며 이 장황한 인사말을 유쾌한 목소리에 담아 공중에 퍼뜨렸다. 그러고는 벌떡 일어나 환하게 웃으며 성큼성큼 발걸음을 옮겼다.

"니콜라우스, 이게 얼마 만인가!"

"구텐베르크!"

의자에 앉은 채 독서에 열중하던 쿠자누스는 이 사내의 목소리만으로도 기분이 좋아진 듯 쾌활하게 웃으며 자리에서 일어났다. 쿠자누스를 힘차게 껴안은 이 사내의 이름은 요하네스 구텐베르크. 어느 공간이든 이 남성이 들어서는 순간 그곳은 마법처럼 밝아지기 마련이었다.

"흐, 자네는 도대체 나이를 어디로 먹는 건가? 변한 건 더 높아진 구두코뿐이군."

키스라도 할 듯이 가까이 다가온 사내의 얼굴을 피하며 한 걸음 물러선 쿠자누스는 감상하듯 사내의 모습을 아래위로 훑어보다 눈길이 구두코에 이르자 두 팔을 벌리며 외쳤다. 외모로만 보면 한참 동생이거나 심지어는 조카일 수도 있을 것 같은 이 사내 구텐베르크는 쿠자누스와 동갑이었다. 잠시 에르프루트대학을 같이 다닌 적이 있는 두 사람은 20대 때부터 절친한 친구 사이였다.

늘 유쾌하고 화려한 이 사내는 마인츠에서도 가장 번화한 중심가에 있는 구텐베르크 저택에서 태어나고 자란 귀족 가문의 막내아들이었다. 마인츠는 신성로마제국에서 가장 큰 교구이자 유럽에서 가장 부유하고 영향력 있는 도시로서 마인츠의 제후는 황제 선출권을 가진 일곱 사람의 선제후 중 한 사람이었다.

구텐베르크 가는 13세기 초 마인츠 자치도시를 설립한 최초의 귀족 가문 중 하나였다. 아버지 프리엘레 구텐베르크는 마인츠시의 재정 감독관을 역임했으며, 화폐 주조의 독점권을 가진 막강한 화폐조합 회원인 데다 수많은 아마포 상점을 소유한 재력가라 구텐베르크 가는 마인츠에서 열 손가락 안에 드는 명문가로 통했다.

친구들 사이에서 '헨네'라는 애칭으로 통하는 구텐베르크는 이러한 금수저 출신에 더해 누구든 한 번 보면 눈길을 돌릴 수 없을 만큼 잘생긴 외모로 모든 사람의 관심을 불러일으켰다. 어려움을 모르고 자란 사람 특유의 쾌활한 성격으로 그는 어딜 가나 사람들을 자석처럼 끌어당기곤 했다.

"쿠자누스, 교황과의 충돌을 잘 피했다는 얘기를 들었네. 그런데 나라면 그렇게 비겁하지 않았을 거야. 이 뾰족한 구두코를 그분 두 다리 사이에 처박았을 거야. 암, 그러고 말고."

"하하하하!"

"웃지 말게. 정말이라니까."

구텐베르크는 에르프루트대학 졸업 후 고향 마인츠를 떠나 스트라스부르에서 10년을 살았다. 그때도 상속받은 연금으로 좋은 집에서 하인까지 두고 흥청망청 살다 보니 그의 집은 늘 친구들의 아지트가 되곤 했다. 교황이나 주교의 전권대사로 외교 순방길에 올랐던 쿠자누스도 오가는 길에 몇 차례 들른 적이 있을 정도였다.

"하하하하. 이제 그 허풍은 좀 가라앉히게. 와인세를 더 내겠다고 아우성칠 나이도 아니지 않은가."

구텐베르크는 엄청난 와인 애호가였다. 상속받은 재산이 많은 데다 성격이 유쾌하고 친구도 많다 보니 종종 이런저런 소문의 주인공이 되곤 했지만, 그를 유명하게 만든 건 와인세 소동이었다. 어느 날 시청에 찾아가 자신에게 부과된 와인세가 너무 적으니 더 내겠다고 항의했던 것이다.

"날 어떻게 보는 거요? 내가 그 정도 와인밖에 못 마셨을 것 같소? 내게 와인세를 더 매기시오!"

와인세는 그 사람의 재력과 이미지를 상징한다는 신념을 가지고 있던 그에게는 명예가 걸린 일이었다. 그런데 항의에도 불구하고 시청이 추가 와인세 부과를 거부하자, 그는 시를 상대로 소송까지 걸어 기어코 와인세를 더 내고야 말았다.

"나쁜 놈들 같으니라고. 나를 뭘로 보고, 와인세를 그것밖에 안 매기다니!"

쿠자누스가 놀려대자 구텐베르크는 히죽 웃었다. 젊은 시절의 객기였지만 이제는 즐거운 추억으로 남았으니 그리 손해 본 장사는 아니었다.

"나이가 드는 게 문제야. 허풍이 좀 필요한데 요즘은 흥이 안 난단 말이야. 사람들이 쳐다보는 게 싫어질 정도야."

어깨까지 늘어뜨린 풍성한 금발에 흰 대리석으로 빚은 것 같은 얼굴, 그리고 황금빛을 발하는 부드러운 갈색 눈동자. 그의 시선이 닿으면 누구든 그의 마력에 사로잡히기 마련이었다. 다른 사람이라면 소화하지도 못할 광대 같은 차림새도 그가 걸치면 단숨에 최고의 멋쟁이처럼 보였기에 여성들에게도 인기가 대단했다.

"왜 그래, 아직 옷차림은 멋지기만 한데."

구텐베르크는 앞섶에 끈이 달린 크림색 최고급 실크 블라우스를 가슴팍이 드러나도록 느슨하게 풀어헤친 채 그 위로 짙은 청록색 세로 줄무늬가 있는 베이지색 재킷을 툭 걸쳤다. 재킷 허리에 두른 가죽 벨트에는 돈지갑, 수저통, 손톱깎이집 등 예쁜 주머니들이 주렁주렁 매달려 있었다. 게다가 바지는 보기에도 민망할 정도로 몸에 짝 달라붙어 늘씬하고 탄탄한 다리 모양을 그대로 드러내 보였다.

"이젠 이 방울도 다 떼버리고 싶어."

구텐베르크는 푸념과 함께 눈길을 구두코로 돌렸다. 부드러운 양가죽으로 발 모양에 꼭 맞춘 구두는 코가 반달처럼 위로 올라가는 게 유행이었는데, 너도나도 올리다 보니 과장하여 이제 구두코가 코끝에 닿겠다는 비아냥까지 생겨나고 있었다. 구텐베르크의 구두코는 높이도 높이지만 끝에 방울이 달려 있어 움직일 때마다 마치 나에게 관심을 가져달라 외치는 듯 딸랑딸랑 요란한 소리를 냈다.

"하하, 그건 구텐베르크답지 않은 소리인걸. 바지며 셔츠며 재킷이며 구두까지 최신 유행은 다 좇은 것 같은데."

쿠자누스는 구텐베르크의 푸념을 이해할 수 없다는 듯한 시선을 던지며 말했다.

"흐흐, 니콜라우스, 나를 어떻게 보고 하는 말인가! 유행을 좇다니? 나는 유행을 따르는 사람이 아니라 창조하는 사람이네."

방금 전까지 만사가 귀찮다는 표정을 짓던 구텐베르크가 언제 그랬냐는 듯 신바람을 내며 목소리를 높이자 쿠자누스는 웃어주면서도 고개를 가로저었다. 저런 쓸데없는 일에 신이 주신 소중한 시간을 낭비하다니! 평생 책에 코를 박고 지식의 바다를 항해하는 데만 온 열정을 기울여온 쿠자누스는 외모나 옷차림에 관심을 가져본 적이 없었다.

"이제껏 살아오면서 이런 안경은 본 적이 없을 걸세. 자네가 처음 끼는 거야."

구텐베르크는 벨트에 매단 여러 주머니 중 하나에서 쿠자누스를 위해 새로 만든 안경을 꺼내놓았다. 구텐베르크는 프랑크푸르트의 길드 초빙으로 귀금속 세공교육을 담당할 정도로 귀금속 연마에 관한 한 최고의 기술자였다.

"따져보니 벌써 2년이 지났더군. 지금 그 안경을 만들어준 지가 말일세."

귀금속에는 여러 가지가 있지만 구텐베르크는 그중에서도 녹주석이라 불리는 투명한 원석인 베릴륨을 연마해서 안경을 만드는 데 독보적인 솜씨를 발휘했다. 쿠자누스는 구텐베르크가 만들어주는 안경을 볼 때마다 아름다우면서도 어두운 눈을 밝혀주는 실용성에 감동했다.

"오, 정말 고맙네. 자네가 만들어준 안경이 없었다면 내 연구는 반 토막이 났겠지."

쿠자누스는 새로 만든 안경을 쓰려다 말고 주춤했다. 안경 다리에 붙어 있는 번쩍거리는 보석에 눈길이 미친 것이었다.

"아이쿠! 그런데 이 안경 너무 화려한 것 아닌가?"

"화려하긴……, '하얀 까마귀'에게 딱 어울리는 것이네."

하얀 까마귀란 평민 신분으로 태어났지만 일인지하 만인지상의 최고 성직인 추기경에 오른 사람을 말하는 것으로 그만큼 희소하다는 데서 유래한 별명이었다. 쿠자누스는 언젠가 반드시 추기경이 될 인재라는 평판이 자자했기에 구텐베르크는 그를 대놓고 그렇게 부르곤 했다.

쿠자누스는 아무 말 없이 새 안경을 책상 서랍에 집어넣은 후 목소리를 낮추었다.

"내가 오늘은 자네에게 긴히 할 말이 있네."

20여 년을 사귀는 동안 쿠자누스가 이렇듯 진지하고 긴장된 표정을 짓는 건 처음이었다. 구텐베르크는 몸을 앞으로 당기고 귀를 기울였다.

"말하게."

"금속활자라는 게 있네."

"금속활자?"

"금속으로 글자를 만들어 종이에 찍는 거지. 필사와는 비교가 안 되게 빠르고 오자가 하나도 없어."

두뇌 회전이 빠르고 도구와 기계의 설계에 천부적인 재능을 가진 구텐베르크는 쿠자누스의 얘기를 듣자마자 바로 경탄에 찬 목소리를 터뜨렸다.

"잉크를 펜이 아닌 금속으로 만든 글자에 묻혀 종이에 찍는다? 그거 말이 되네. 아니, 말이 되는 게 아니라 기발하군. 아니 엄청난데! 그런데 그 금속 글자는 어떻게 만들지?"

"멀리 코리에서 오신 분이 그 기술을 갖고 계시네."

"코리? 그게 어느 나라야?"

"중국은 아나?"

"아다마다. 안 그래도 중국식으로 옷 한 벌 해 입으려던 참이야. 그들은 단추를 묘하게 달더군."

"그 오른쪽으로 바다 건너에 있는 나라가 코리야. 그런데 자네 그 금속활자로 큰일 한번 해보지 않겠나?"

"큰일이라면?"

구텐베르크는 조심스레 쿠자누스의 안색을 살폈다. 오늘의 쿠자누스는 이제껏 그가 알던 쿠자누스와 완전히 다른 사람처럼 느껴졌기 때문이다.

"성경을 찍는 거네."

"뭐라고?"

구텐베르크는 자신의 귀를 의심했다.

"지금 뭐라고 그랬나? 책 중의 책을 찍는다고!"

사실 성경은 워낙 성스러운 책이라 그 이름을 직접 부르는 것조차 불경스럽게 여겨질 정도여서 '책 중의 책'이라 부르는 게 관례였다. 성경을 필사할 때 필경사는 경건한 마음과 금욕생활을 요구받았으며 상시 엄격히 감시받고 통제되었다. 또한 필사된 성경은 매우 비싸 한 권의 값이 상당히 좋은 집 한 채의 값과 맞먹었기 때문에 주문하는 쪽이나 주문받는 쪽이나 신중할 수밖에 없었다. 게다가 주문자는 경건해야만 할 성경이 여러 사람의 다른 서체로 뒤죽박죽 쓰이는 걸 원치 않아 한 권을 제작하는 데 몇 년씩 걸리기 일쑤였다.

"그래. 금속활자로 성경을 찍을 수 있을 만큼 찍게."

쿠자누스의 말투는 침착하기 그지없었지만, 구텐베르크의 두 눈은 찢어질 듯 커졌고 흥분에 겨워 목소리도 갈라져 나왔다.

"뭐야? 이건 나를 죽이려는 계획인가, 아니면 교황에 대한 복수인가? 만약 나를 죽이려는 계획이라면 완벽한 성공이 보장되겠지만 교황에 대한 복수라면 치명적 실패야. 나도 죽겠지만 나에게 이 일을 시킨 자네도 무사하지 않을 테니까 말이야."

쿠자누스는 고개를 끄덕였다. 당연한 말이었다. 이제껏 교황은 단 한 번도 금속활자나 성경을 입에 올리지 않았지만, 그가 카레나를 죽이려는 이유가 성경 때문임을 쿠자누스는 잘 알고 있었다. 교황을 비롯한 사제들의 권능은 신의 말씀을 대신 전하는 데서 나오는데, 성경이 보통 사람들의 손에 들어가면 사제들의 말은 진리가 아닌 검증의 대상으로 전락할 터였다.

"자네는 사업가 아닌가. 다른 생각은 말고 사업이라는 측면에서만 따져보게."

구텐베르크는 고개를 가로저었다. 하지만 사업가적 본능

에 따라 머리를 굴리던 그는 자기도 모르게 벌떡 일어났다.

"으흐흐흐!"

"왜 그러나?"

"이건 천국이냐 지옥이냐의 선택이군."

구텐베르크는 과거 대순례 기간 아헨에서 돈을 쓸어 담던 기억을 떠올렸다. 대순례는 7년마다 돌아오는 큰 행사로 돈 많은 귀족이나 고위 성직자들은 스페인 같은 외국으로 떠났지만, 평민들은 국내에서 순례길에 올랐다. 아헨과 쾰른은 가장 인기 있는 순례지였다. 아헨은 신성로마제국 국민들이 가장 숭배하는 카를 대제가 묻힌 황제순례지였다. 게다가 아헨 대성당에는 예수 그리스도의 배냇저고리, 성모 마리아의 옷, 예수 그리스도가 못 박힐 때 허리를 감쌌던 옷, 그리고 세례 요한의 참수된 머리를 쌌던 보자기 등 네 가지 성물이 담긴 성모 마리아의 성유물 상자가 있어 대순례 기간에만 대중에게 공개하다 보니 엄청난 인파가 몰렸다.

순례자들은 성물 구입에 돈을 아끼지 않았기 때문에 교회는 큰 돈벌이가 되는 성물의 제작과 판매를 독점했다. 그러나 대순례 기간에는 구름같이 몰려드는 순례자들로 수요가 폭증하다 보니 한시적으로 누구나 성물을 제작, 판매하도록 허락할 수밖에 없었다. 그때 구텐베르크는 아무도 상상하지 못했던 기발한 아이디어 상품을 만들었다. 그는 긴 막대기 중앙에 금속제 볼록거울을 박아 넣은 성물을 제작했는데, 인파에 밀려 성유물에 가까이에 가지 못한 순례자들이 볼록거울로 성유물을 비추기만 해도 성령의 은총을 받을 수 있다고 해서 큰 인기를 끌었던 것이다. 이름하여 '구텐베르크의 거울'은 날개 돋친 듯 팔렸고, 그는 돈을 바가지로 쓸어 담았다.

최근 들어 돈이 궁했던 구텐베르크는 그때의 기억을 찬찬히 더듬다 돌연 쿠자누스의 소매를 움켜쥐었다.

"자네 뭔가 생각이 있는 거지? 바티칸을 잠재울 뭔가가 있는 거야. 아니면 이런 생각을 할 리 없어. 뭔가, 말해주게. 아니, 하겠네. 할 거야. 대 쿠자누스와 함께 죽으면 영광 아닌가. 제발 내게 기회를 주게! 그간 내가 자네 안경만 해도 몇 개나 만들어주지 않았나!"

구텐베르크의 갈색 눈동자에서 황금빛 광채가 쏟아졌다. 그는 더 이상 기다릴 수 없다는 듯 두 손을 비비며 일어섰다. 구텐베르크를 바라보며 쿠자누스는 결의에 찬 목소리로 말했다.

"그래. 죽느냐 사느냐야. 이 쿠자누스는 지지 않아. 하느님의 뜻이 내게 있으니까. 자네는 지금 바로 아비뇽으로 가게."

카레나는 화려한 비단옷을 입고 금실보다도 아름답고 고운 머리카락을 세련되게 늘어뜨린 사내의 방문에 놀랐다. 코가 초승달처럼 솟은 뾰족구두를 신은 예쁘장한 사내의 인상이 너무나 뜻밖이라 잠시 쿠자누스를 원망하는 마음까지 들었다. 세상에서 가장 똑똑한 사람을 찾아 보내달라 했더니 제일 멋진 사내를 보낸 것이었다.

게다가 하는 말마다 어딘지 허황되고 허풍조차 심한 이 사내가 과연 금속활자를 제대로 배우긴 배울 것이며, 널리 널리 퍼뜨려줄 수 있을까 염려되었다. 하지만 카레나는 이 모든 게 기우였음을 곧 깨닫게 되었다.

그는 금속을 잘 다룰 줄 아는 일류 기술자인 데다 손재주가 좋아 하나를 말해주면 열을 알았다. 어떤 부분에서는 오히려 카레나가 배울 게 있을 정도였다.

"어여쁘신 수녀님, 우리 동업합시다. 분명 이건 떼돈이 들어오는 사업이오."

"저는 돈이 필요 없어요."

"카레나, 당신은 수녀원에서 썩기는 너무나 아깝소. 얼굴도 고운 데다 세상을 뒤집어엎을 기술을 갖고 있잖소. 나와 함께 마인츠로 갑시다. 거기서 금속활자로 찍은 책으로 세상을 덮어버리고 떵떵거리며 황제처럼 삽시다."

철부지 소년 같은 구텐베르크의 말은 듣기에 따라서는 불쾌할 수도 있으련만, 그는 이상하리만치 미워할 수 없는 매력을 내뿜는 사람이었다. 무엇보다도 그는 도구와 기계의 원리에 통달한 데다 매우 창의적인 사람이었다. 그리고 일에 돌입하면 무서울 정도로 대단한 집중력과 인내심을 발휘했다.

"이제 다 배우셨어요."

"정말 고맙소. 반드시 큰돈 벌어 호강시켜드리겠소."

"저는 가난이 좋아요. 다만 은혜를 갚고 싶은 분이 계셔요. 아비뇽에서 필사를 하는 발트포겔이라는 분을 찾아 이 기술을 조금만 나누어주세요."

"무슨 소리요? 그놈이 선수 치면 난 어쩌란 말이오!"

"쿠자누스 대사님의 친구라는 신분을 밝히고 아비뇽에서 간단한 것만 하도록 하면 약속을 지킬 거예요."

구텐베르크를 떠나보내고 난 후 카레나는 동쪽을 향해 아버지에게 세 번, 상감에게 세 번 큰절을 올렸다. 그러고는 마지막으로 쿠자누스가 있는 쾰른 방향을 한동안 바라보았다. 그런 다음 조용히 문을 열고 침잠의 방으로 들어갔다.

고난의 10년

마인츠의 에어바하 선제후는 자신을 찾아온 쿠자누스를 반가이 맞았다.

"쿠자누스, 오늘은 무슨 말씀을 해주시려오?"

에어바하 선제후가 쿠자누스를 환영하는 데는 특별한 이유가 있었다. 신성로마제국의 일곱 선제후 중 가장 강력한 힘을 가진 에어바하의 가문은 대대로 교황을 지지해왔지만, 마인츠 대주교 선정 과정에서 교황청과 큰 갈등을 빚었다. 이후 에어바하와 교황청은 면죄부 판매를 비롯해 사사건건 부딪쳤으며, 상호 무력 충돌도 불사할 정도로 관계가 악화되었다. 그러나 쿠자누스가 나서서 교황이 대립주교를 철회하고 에어바하를 마인츠 대주교로 인정하도록 극적인 화해를 이끌어내자 에어바하는 쿠자누스에 대해 남다른 호의를 가질 수밖에 없었던 것이다.

쿠자누스는 에어바하와 함께 와인을 몇 잔 마신 후 강론을 시작했다.

"예수께서 십자가에서 돌아가신 것은 죄지은 자를 위하여 희생하신 것입니다. 모든 생명체가 이를 수 있는 최고의 정신이 바로 이 희생입니다. 이 희생은 나보다 나은 사람을 위하는 것이 아닙니다. 나에게 어떤 보답도 대가도 줄 수 없는 약하고 가난한 사람들을 위하여 나를 바치는 것이 바로 그리스도께서 우리에게 보여주신 정신입니다."

"아멘!"

"허나, 하느님의 대리인 교황은 백성들을 위하여 희생하는 대신 백성들 위에서 군림하려 하고 있습니다. 예수께서 십자가의 희생을 통하여 보여주신 것은 지식과 지혜를 백성들에게 나누어주라는 것이었음에도, 교황은 지식과 지혜를 꽁꽁 묶어두고 있습니다. 선제후께서는 어느 길을 가시렵니까? 그리스도의 길을 가시렵니까, 아니면 교황의 길을 가시렵니까?"

쿠자누스가 거침없이 교황을 비판하니 애초부터 교황에 대해 불만이 많았던 에어바하는 기분이 좋아졌다. 게다가 해가 서쪽에서 뜬대도 믿을 정도로 신뢰하는 쿠자누스가 해박한 지식과 500년간이나 반목하던 그리스 정교의 대주교를 끌어들인 달변으로 열렬히 토로하자 마인츠 선제후의 마음은 대번에 돌아섰다.

"주님의 길을 따르렵니다."

"그러면 금속활자로 책을 만들 수 있도록 도와주십시오. 주님의 말씀을 널리 퍼뜨리도록 하십시오. 주님의 복음이, 거룩한 성인들의 말씀이 백성 누구에게나 전해질 수 있도록 하는 것이 하느님의 뜻입니다. 그렇게 하려면 교황을 단호히 거부해야 합니다."

"대사의 말씀을 깊이 명심하겠습니다."

마인츠 대주교를 설득한 쿠자누스는 로마로 거처를 옮기고는 추기경들과 빈번하게 접촉했다. 특히 그가 공을 들인 사람은 톰마소 파렌투첼리였다.

"보장하건대 콘둘메르는 머잖아 죽습니다. 저런 증상을 보이는 사람 중 2년을 넘기는 경우를 본 적이 없어요."

파렌투첼리는 고개를 끄덕였지만 자신과 크게 상관이 없는 일이었다. 콘클라베에서 지명받을 가능성이 큰 로마나 밀라노 출신의 힘 있는 추기경들이야 교황이 죽을 날이 다가오면 신이 나겠지만, 자신은 별로 중요하지 않은 북부 리구리아 출신인 데다 두각을 나타낼 기회도 없었던 터라 큰 주목을 받지 못하고 있었다.

"제가 프리드리히 3세와의 만남을 주선하겠습니다."

전혀 예상치 못했던 쿠자누스의 말에 파렌투첼리의 귀가 꿈틀했다.

"그게 정말이오?"

"신성로마제국의 황제인 그를 끌어들이는 것은 합스부르크 왕가를 끌어들이는 것이고, 그렇게 되면 전 유럽을 바티칸에 끌어들일 수 있습니다. 물론 콘둘메르에 이어 차기 교황이 되는 데 압도적으로 유리하지요."

"그런데 프리드리히가 날 만나주겠소?"

"그건 제게 맡기시지요."

파렌투첼리는 쿠자누스가 자신을 주목했다는 사실에 크게 고무되었다. 그것은 미다스의 손과 악수한 것이나 다름없었다. 신성로마제국의 제후들을 하나하나 교황청으로 끌어들인 쿠자누스가 아닌가.

"그 대가로 내가 쿠자누스 당신에게 뭘 해주면 되는 거요?"

"저를 위해서 해주실 건 없습니다."

"그럼 누굴 위해 뭘 해주면 되겠소?"

"교회와 사제가 꽉 틀어쥐고 있는 성경을 이 세상에 널리 퍼뜨려 보통 사람들도 성경을 읽고 하느님의 말씀을 들을 수 있게 해주십시오."

"정말이오? 정말 그것뿐이오?"

"콘둘메르는 성경을 보통 사람들에게 허용하면 교회와 사제가 무너질 것이라고 생각하지만 사실은 그 반대입니다. 사람들이 하느님의 말씀을 두 눈으로 직접 보아야 저 썩을 면죄부도, 마녀사냥도 사라질 것 아닙니까? 오히려 교회가 하느님께 더 가까이 다가가는 길입니다."

"맞는 말이오."

"금속활자로 성경을 찍으면 값이 지금의 백 분의 일, 천 분의 일로 떨어져 보통 사람들도 사서 볼 수 있습니다. 그러니 교황이 되시면 금속활자로 찍는 성경을 허용하십시오."

"여부가 있겠소. 허용이 아니라 그 성경책을 이고 춤이라도 추겠소."

한편 작업에 돌입한 구텐베르크는 사람이 완전히 달라져 있었다. 대학 시절 남다른 필사 솜씨로 용돈을 벌고, 스트라스부르에서 사업을 벌여 순례 성물인 반사경을 제작해 제법 큰돈을 벌기도 한 구텐베르크였지만 성경을 인쇄하는 일은 완전히 차원이 다른 기술과 사업 수완이 필요하다는 것을 본능적으로 느끼고 있었다.

구텐베르크는 대자본가에 속하는 명문가 출신이라는 자부심과 그에 따른 명예심이 대단했다. 하지만 장자가 아니다보니 가업을 물려받을 수도, 확고한 지위를 보장받지도 못한다는 사실에 열등감이 있었다. 어느새 구텐베르크의 흉중에는 금속활자로 이 모든 것을 한 방에 날려버리고 역사에 길이 남아 인생역전을 이루겠다는 야심이 뭉게뭉게 피어올랐다. 게다가 당대 최고 실세이자 교황부터 황실과 제후들에 이르기까지 막강한 영향력을 행사하는 쿠자누스의 전폭적 지지를 등에 업었으니 못할 것이 없었다.

그는 금속활자 인쇄의 기본 원칙부터 분명하게 세웠다. 그 것은 금속활자로 인쇄되어 나오는 책이 필사본과 완전히 똑같아야 한다는 원칙이었다.

"사람들이 보았을 때 손으로 쓴 건지 금속활자로 찍은 건지 분간할 수 없어야 성공이야."

특히 사람들이 책을 보는 목적은 단순히 지식을 얻기 위해서만이 아니라, 미적 향유도 그 못지않게 중요하다는 게 대학 시절 필사로 용돈을 벌면서 확고해진 구텐베르크의 지론이었다.

"금속활자로 인쇄하더라도 필사본처럼 색색의 글씨와 그

림으로 아름답게 장식하지 않으면 사람들의 인정을 받을 수 없어. 최고의 필경사가 쓴 것과 똑같은, 아니 그보다 더 아름다운 책을 만드는 거야."

구텐베르크는 두 주먹을 불끈 쥐며 자신을 격려했다.

구텐베르크는 그의 십년지기로 스트라스부르에서 순례 성물을 만들 때부터 오른팔 노릇을 했던 콘라드 사스파하와 머리를 맞댔다. 그전에도 그는 구텐베르크가 무언가를 상상해서 그려주면 뚝딱뚝딱 만들어내곤 했었다. 구텐베르크는 자신이 준 도면에 따라 사스파하가 만들어낸 주조틀을 보고 매우 만족했다.

"흐흐, 너는 하늘을 나는 새도 만들어낼 것 같아."

"자네 도면이 워낙 탄탄하니……, 새라고 못 만들 것도 없지!"

그러나 성경이라는 방대한 책을 최고의 필사본과 똑같은 수준으로 인쇄해내기 위해서는 넘어야 할 산이 한두 개가 아니었다.

"인쇄의 속도와 품질을 결정짓는 건 바로 조판기술이야."

"조판이 뭐지?"

"활자가지에서 활자를 떼내면 하나하나 결착해야 하는데 사람이 일일이 수작업을 해선 힘들어. 왜 그런가 하면, 첫째 시간이 너무 걸리고, 둘째 견고하지 못해 활자가 꽉 조여지지 않고 안에서 놀아. 그러면 인쇄돼 나온 글자가 삐뚤삐뚤해져 다 망치는 거야. 또 인쇄하고 나면 한 번 묶은 활자들을 속히 해체해서 다른 단어와 문장을 만들어야 하는데 그걸 조판이라 하는 거야."

"글자가 비뚤어지지 않게 꽉 조이는 게 중요하겠군. 코리에서는 어떤 방법으로 한다던가?"

"밀랍으로 채우거나 나뭇조각을 끼워 넣는다고 하는데 그건 시간과 품이 너무 많이 들어 성경을 찍는 데는 적합하지 않아."

"하긴 필사할 때 보면 문장의 길이를 일정하게 유지하기 위해 필경사가 글자의 장평이나 간격을 교묘하게 늘였다 줄였다 하는데, 크기가 고정된 금속활자로 하려면 골치 아프겠군."

"일단 낱개로 된 금속활자들이 따로 놀지 않도록 고정하는 방법을 찾아야 해."

두 친구는 머릿속으로 이런저런 그림을 그려보았으나 금방 해결할 수 있는 문제가 아니었다.

"골치 아픈 건 나중에 생각하고 기분 전환이나 하자."

사스파하는 어리둥절한 표정으로 구텐베르크를 쳐다보았다.

"돈 계산부터 해보자는 거지. 사스파하, 몇 권을 찍는 게 가장 이익이 클까?"

구텐베르크는 열 권부터 시작해 스무 권, 서른 권 순으로 원가와 이익금을 꼼꼼하게 따져보기 시작했다. 금속활자의 엄청난 위력을 확신하는 그는 될 수 있는 대로 많은 성경을 찍어내 일거에 유럽 제일의 거부가 되고 싶었다. 그러나 자신이 동원할 수 있는 자금 등 여러 가지 여건을 감안할 때마다 계획이 조금씩 쪼그라들 수밖에 없었다.

"도대체 양을 몇 마리나 잡아야 하는 거야?"

아헨의 순례 성물을 만들 때부터 셈에 밝았던 사스파하는 한참 동안 계산하더니 고개를 절레절레 흔들었다.

"양을 다 큰 놈으로 한 마리 잡으면 여덟 페이지가 나와. 작은 놈은 네 페이지고. 그런데 성경 한 권이 대략 1,300페이지란 말이야. 그러니 한 권 만들 때마다 양이 162마리하고도 반 마리가 더 필요해. 실수로 파지가 안 생겨도 말이야. 열 권 만들면 양이 1,625마리, 백 권 만들면 1만 6,250마리, 천 권 만들면 16만 2,500마리가 필요한 거지. 양 잡는 놈, 말리는 놈, 무두질하는 놈에 양 모는 놈, 양 모는 강아지에 창고까지 계산에 집어넣으면 돈이 줄잡아 얼마나 드는지 아나?"

"그만해. 제기랄, 양피지론 못하겠네."

"흐……, 양들의 침묵이 두려워지네."

사스파하는 몸을 부르르 떨며 진짜 무섭다는 시늉을 했다.

"종이로 만들어야겠어."

"종이로 한다고? 책 중의 책은 늘 양피지로 만드는 게 불문율이잖아."

"일부만 양피지로 하고 나머지는 종이로 하는 게 좋겠어. 성경은 상·하 두 권으로 나눠서 인쇄해도 상당한 두께가 될 거야. 양피지로 하면 두꺼워지기도 하고. 상징적으로 일부만 양피지에 찍고 나머지는 종이에 인쇄하자. 서른 부 정도만 양피지로 만들면 양이 몇 마리 필요해?"

"그럼 그렇게 많이 안 죽여도 되지. 5,000마리 조금 못 돼. 4,875마리만 침묵시키면 돼."

"그래, 그럼 양피지로 30부, 종이로 150부 만들자."

"종이도 엄청 들걸. 돈도 돈이지만 그걸 만들 놈들이 있느냐가 더 문제야."

"뉘른베르크에 큰 제지공장이 있잖아. 품질도 최고고."

사스파하는 또다시 고개를 절레절레 저었다.

"새발의 피야. 대충 계산해봐도 필요한 종이가 마인츠시 전체가 50년 넘게 쓸 분량이라구."

"그럼, 우선 뉘른베르크 제지공장부터 수배해놓고 이탈리아도 뚫어야지."

문제는 이뿐만이 아니었다. 가장 중요한 글자를 주조하는 일도 카레나에게 전수받아서 쉬울 거라고 생각했지만, 주조해야 할 활자의 개수가 엄청났다. 성경 한 부에 대문자, 소문자, 구두점 등 최소한 290개의 부호가 필요했고, 한 페이지를 인쇄하는 데 약 2,600개의 알파벳 활자가 있어야 했다.

"성경을 인쇄하려면 활자를 최소 20만 개 이상 주조해야 해."

"활자가지로 따져봐. 한 번에 최대 스무 개까지도 가능하니까."

"그럼 활자가지로 1만 개네."

구텐베르크는 문제가 생길 때마다 창의적으로 풀어나갔다. 우선 금속활자 표면에 잉크를 입힐 때 생기는 문제를 해결해야 했다. 이제까지 펜으로 찍어 쓰던 잉크는 번지기 마련이라 종이에 찍어보면 온통 얼룩투성이였다. 구텐베르크는 화가들을 찾아다니며 그림물감과 도료의 성질을 끈질기게 연구했고, 결국 스스로 그을음과 아마씨 기름을 주원료로 하는 유성잉크를 만들어냈다. 그의 잉크는 활자에 칠하면 흘러내리지 않았고 뒷면에 배어나지도 않아 양면인쇄에 안성

맞춤이었다.

성공을 확인한 어느 날 새벽 구텐베르크는 눈물을 흘리며 자신의 잉크를 와인에 한 방울 떨어뜨려 칵테일을 만들어 마셨다.

"흐, 이 맛 영원히 못 잊을 거야."

구텐베르크는 밀랍이나 끈을 이용해 금속활자를 판에 고정하거나 나뭇조각을 박아 고정하는 카레나의 조판 방식도 끈 구멍은 그대로 두되 탄성이 크고 장력이 강한 나무판을 사용하여 개선했다. 하지만 활자판을 누르는 압력 문제는 두고두고 골치였다. 균일한 힘으로 세게 신속히 눌러야 하는데, 사람이 아무리 많이 들러붙어 활자판을 눌러도 이 세 가지 문제를 한 번에 해결할 수 없었다.

"술이나 퍼마시자!"

구텐베르크가 가진 최고의 장점은 낙천성이었다. 그는 어떤 어려움에 봉착해도 포기하는 법이 없었고 비관하지도 않았다.

활자판을 누르는 방법을 찾지 못해 고심하던 그는 기분 전환을 위해 사스파하와 함께 대낮부터 와인을 마시기 시작했다. 그런데 와인잔을 들여다보던 구텐베르크의 뇌리에 문득 한 가지 아이디어가 스쳤다. 어린 시절 농원에서 하인들이 포도를 짜던 기억이 떠올랐던 것이다.

"아? 바로 그거야! 유레카!"

"왜 그래?"

"프레스 말이야. 그걸 돌려서 포도를 짜잖아."

"포도는 이미 짜여져서 네 앞에 있어."

"그게 아니라 그걸로 누르면 돼. 따라와!"

구텐베르크는 바로 농원으로 달려가 눈에 띄는 프레스를 마차에 실었다. 과연 구텐베르크의 상상은 맞아떨어졌다.

"성공이다!"

활자판에 구멍을 뚫고 바닥에 고정시킨 다음 임시로 프레스에 상판을 덧대고 핸들을 돌리자 상판이 하판 전체를 균일한 힘으로 눌렀고, 이걸 무한 반복할 수 있어 세 가지 문제가 동시에 해결되었다. 구텐베르크는 프레스에 와인을 뿌리며 만세를 불렀다.

"이 도둑놈아, 내 프레스를 왜 훔쳐갔어?"

구텐베르크는 고래고래 악을 쓰면서 쫓아온 프레스 주인에게 와인을 흠뻑 끼얹은 뒤 프레스의 열 배 되는 돈을 쥐여주면서 같이 건배를 외쳤다.

한 치의 오차도 용서하지 않는 귀금속 세공에서 다져진 구텐베르크의 기술혼으로 완성된 인쇄기를 앞에 두고 두 친구는 뜨겁게 끌어안았다. 실패에 실패를 거듭한 세월이 주마등처럼 스쳐 지나갔다.

"헨네, 이거 모양이 꽤 그럴듯하지 않나? 베틀처럼 보이기도 하지만 형틀처럼 보이기도 하고……. 좀 무시무시한 기분도 드네."

사스파하는 뿌듯한 마음에 가슴을 내밀며 말했다.

그의 말대로 인쇄기의 모습은 당당하면서도 의외로 단순했다. 평평한 책상의 한쪽에 높이가 2미터쯤 되는 두 개의 튼튼한 기둥이 서 있었고, 그 두 기둥은 두터운 횡목으로 연결되어 있었다. 그리고 횡목의 중앙에는 마치 코르크 병따개처럼 생긴 커다란 나선형 장치가 달려 있었는데, 핸들을 돌려 움직이도록 했다.

이러한 기술 개발 못지않게 어렵고도 중대한 과제는 자금을 동원하는 일이었다.

본래 씀씀이가 헤픈 데다 막대한 돈을 벌 수 있다는 낙관적 전망에 구텐베르크는 이미 많은 돈을 빌린 상태였다. 사실 거대한 출판을 염두에 둔 인쇄술의 개발은 워낙 돈이 많이 드는 사업이었다. 수십 명의 숙련 기술자를 고용해야 했고, 막대한 재료비가 들어갔으며, 광범위한 관련 기술을 개발해야 했다. 그러다 보니 시간은 자꾸 흘러만 갔다. 사업하

211

는 사람에게 시간이란 돈의 다른 표현이었다.

"애들이 안 나왔어."

"왜?"

"주급을 못 줬잖아."

"음, 이제 더 빌릴 데도 없는데⋯⋯."

구텐베르크는 머리를 쥐어짜다 박수를 치며 환호했다.

"아! 왜 진작 이 생각을 못 했을까?"

사스파하는 구텐베르크가 돈 문제를 다 해결한 듯 깔깔거리자 실성한 건 아닌지 의심하며 조심스레 물었다.

"무슨 방법이라도 있는 거야?"

"있고말고. 교황 성하 머리 꼭대기에 올라간다."

더욱 이해할 수 없는 소리에 사스파하는 목소리를 낮추고 조심스럽게 물었다.

"자네 괜찮은 거야? 교황 성하 머리에 올라간다니?"

"면죄부를 파는 거야. 다른 놈들이 파는 촌스러운 것과는 비교도 안 되는 세련된 걸로."

"면죄부도 세련된 게 있나?"

"바보야, 면죄부를 사려면 성당에 가서 이름을 얘기하고 필사를 해야 하잖아."

"그래."

"우리는 문구를 미리 인쇄한 다음 이름과 날짜 쓰는 칸을 만들어두는 거야. 가서 돈 내고 빈칸에 이름만 채우면 되게. 면죄부 쓰는 게 삼백 배 이상 간편해져. 떼돈 번다니까!"

과연 구텐베르크의 예상은 정확하게 들어맞았다. 금속활자로 인쇄된 면죄부는 날개 돋친 듯 팔려나갔고, 구텐베르크는 자금 문제를 어느 정도 해결했다. 금속활자를 반대하던 교황 에우제니오 4세는 이미 눈을 감았고, 쿠자누스에게 금속활자의 허가를 약속했던 톰마소 파렌투첼리가 교황 니콜라우스 5세로 즉위했기 때문에 면죄부 인쇄는 아무 문제가 없었다.

"이건 새발의 피야. 이제 인쇄기도 거의 완성됐으니 양피지와 종이만 들어오면 찍는다. 사스파하, 내 구두에 다시 방울을 달아줘. 10년 가까운 눈물의 시절이 끝나고 이제 드디어 이 구텐베르크의 시대가 열린단 말이야. 구텐베르크의 시대! 시민들이여, 경배하라, 구두방울을 달아라! 저 멀리서 들려오지 않는가. 구텐베르크의 구두방울 소리가! 그대들이여, 입을 맞추라. 구텐베르크의 뾰족구두에 입을 맞추라!"

인류의 동행

성경 인쇄는 철저한 보안 속에서 진행되었다. 사소한 정보라도 밖으로 유출되면 안 되기 때문에 구텐베르크는 모든 직원들을 합숙시켰고, 그러다 보니 주급을 두세 배는 지불해야 했다. 게다가 창고를 지키고 직원들을 감시하는 사람들을 고용해야 했기에 비용이 눈덩이처럼 불어났다. 구텐베르크의 인쇄소에서 찍은 면죄부가 월등하게 잘 팔리긴 했으나, 교황청에서는 여러 대리인에게 할당을 했기 때문에 그것만으로 날이 갈수록 늘어만 가는 어마어마한 지출을 감당하긴 역부족이었다.

"푸스트 씨, 다 됐어요. 이제 양피지와 종이를 사야 합니다."

예전에 거액을 빌려준 적이 있던 푸스트는 인쇄가 임박하자 돈을 건네는 조건을 달리했다.

"이번엔 빌려주는 게 아니라 성경 180부를 찍는 사업에 투자하는 걸로 하세."

"좋으실 대로!"

거대한 성공을 눈앞에 두고 있는 구텐베르크는 거칠 것이 없었다. 180부가 문제가 아니었다. 이 첫 작업이 성공한다면 1만 8,000부, 아니 그 수백 배도 당연히 보장될 터였다. 그의 관심사는 돈보다도 자신이 천신만고 끝에 제작한 인쇄기가 과연 제대로 작동하느냐였다. 종이를 인쇄기의 받침대에 놓고 핸들을 돌리기만 하면 거대한 프레스가 내려와 순식간에 한 페이지가 다 찍혀버리는 이 인쇄기야말로 자신의 미래를 좌우할 것이었다.

주문한 양피지와 종이가 들어오자 구텐베르크는 종이를 받침대에 놓고 가만히 눈을 감았다. 찢어지기 쉬운 종이로 성공한다면 양피지는 말할 것도 없었다.

"하늘에 계신 아버지 하느님!"

구텐베르크는 이내 자신이 아버지와 하느님을 거꾸로 말한 걸 알아차리고는 어떻게 할까 잠시 생각하다 처음부터 다시 시작했다. 한평생을 낙천적으로 살아온 그였지만 이 순간만큼은 영혼 깊숙한 곳부터 떨리고 있었다.

"하늘에 계신 하느님 아버지!"

기도를 마친 구텐베르크는 떨리는 손으로 프레스의 핸들을 잡았다. 아마씨 기름을 잔뜩 발라 미끌미끌하게 했음에도 구텐베르크의 긴장된 신경에는 핸들 돌아가는 소리가 자갈 길에 마차 바퀴 굴러가는 소리처럼 크고 거칠게만 들렸다.

쓰ㅇㅇㅇㅇㅇ 탁!

수백 번에 걸친 실험은 항상 성공적이었지만 대량생산의 첫걸음을 내딛는 순간인 만큼 그 의미는 실험 때와는 차원이 달랐다. 프레스가 종이를 누르는 모습에 구텐베르크는 성공을 예감했으나 끝까지 긴장을 놓지 않았다.

쓰ㅇㅇㅇㅇㅇ!

다시 핸들을 돌리자 프레스는 천장을 향해 올라가 제자리에서 틱 하는 소리와 함께 정지했다. 구텐베르크는 떨리는 손으로 종이를 집어 들었다. 단 한 군데도 잉크가 번진 곳이 없었고 글자는 선명했다. 그럼에도 구텐베르크는 아주 조그만 흠이라도 잡아내려는 듯 자신이 만든 안경을 끼고 세세하게 살핀 후 종이를 받침대에 도로 내려놓았다. 그리고 두 손을 모았다.

"이 영광을 주 예수 그리스도께 돌리옵니다!"

흥분에 들뜬 구텐베르크의 목소리가 공장에 울려 퍼지는

순간 우레 같은 함성이 터졌다.

"와아!"

공장을 가득 메운 함성을 들으며 구텐베르크는 구두방울
소리를 들으라, 경배하라 외치려 했지만 소리는 목구멍을 넘
어오지 못했다. 그저 소리 없는 눈물이 주르륵 흘러내릴 뿐
이었다. 아무리 참으려 해도 하염없이 흘러내리는 눈물 속에
서 구텐베르크는 간신히 소리를 만들어냈다.

"경배하라, 구텐베르크의 뾰족……, 주 예수 그리스도
를!"

작업 완료를 일주일 남겨둔 구텐베르크는 쾰른으로 쿠자
누스를 찾아갔다.

"자네에게 어떻게 보답할 수 있을까? 이젠 안경을 만들어
주는 걸로는 안 되겠는데."

"고민할 게 뭐 있나? 황금과 다이아몬드로 모셔야지."

"하하하하!"

"허허허허!"

두 사람은 10년 전을 떠올리며 뜨겁게 끌어안았다.

"처음엔 자네가 나를 죽이려고 그러나 했어."

"헨네, 나는 처음부터 자네가 아니면 누구도 이 작업을 해

낼 수 없다는 걸 알았네."

구텐베르크는 쿠자누스의 말에 웃음 지으며 카레나를 떠올렸다.

"처음 나를 보던 카레나의 눈동자가 생각나네. 믿었던 쿠자누스 대사님이 어째서 이런 날라리를 보냈을까 실망하던 그 눈동자 말이야."

카레나의 이름이 나오자 쿠자누스는 입을 다물었다. 그의 침울한 눈길이 창 너머 하늘을 향하는 걸 의식하지 못한 구텐베르크가 쾌활한 목소리로 말했다.

"무슨 사연이 있어 수녀원에 있는지는 모르겠지만 거기 있을 사람이 아니야. 자네가 가서 데리고 나오게."

눈길을 멀리 창밖으로 두고 있던 쿠자누스는 주먹을 꽉 쥐었다. 콘둘메르가 죽었을 때 수녀원으로 찾아갔으나 만남을 거절당했던 기억이 떠올랐다. 하지만 이번에는 다르다는 생각에 희망이 샘솟았다. 그녀의 바람이 이제 일주일 뒤면 완벽하게 이루어지는 것이었다. 카레나가 기쁨에 겨워 침잠의 방에서 나오는 모습을 그려보는 쿠자누스의 얼굴에 옅은 미소가 번졌다.

1,286페이지 분량의 금속활자 성경 180부는 구텐베르크

의 혼을 바친 10년 노력 끝에 드디어 세상에 나왔다. 구텐베르크는 성경의 판매에 있어서도 그때까지 누구도 엄두를 내지 못한 파격적인 방식을 택했다. 그것은 실비를 받고 교황청이나 수도원 등에 납품하는 쉬운 길 대신 도서시장을 직접 겨냥하는 모험적인 방식이었다.

그는 성경이 완성되기 1년 전인 1454년 프랑크푸르트 도서시장에 다섯 장짜리 견본품을 내놓고 사전구매 예약을 받았는데, 며칠 만에 180부가 매진되는 대성공을 거두었다. 이 성경에 대해 소문을 전해들은 스페인의 카르바할 대주교는 훗날 비오 2세 교황이 되는 피콜로미니에게 성경책의 주문을 부탁했다. 하지만 피콜로미니는 간발의 차이로 성경책을 사지 못해 카르바할 대주교에게 다음과 같은 유감의 편지를 보낼 수밖에 없었다.

존경하는 후안 드 카르바할 대주교님.

대주교님께서 들으신 소문은 하나도 틀린 것이 없었습니다. 제가 작년 10월 프랑크푸르트 도서박람회에서 성경의 견본품을 보았는데 정말 훌륭했습니다. 인쇄가 너무나 깨끗하고 정확해서 안경 없이도 읽을 수 있을 정도였습니

다. 대주교님께서 페가수스보다 빠른 특사를 보내신 것만
보아도 이 책에 대한 관심이 크신 줄 알겠습니다만, 제가
알아보았을 때는 성경책이 이미 다 팔려나간 후였습니다.
제가 더 수소문해보겠지만, 책을 구하기는 어려울 것 같다
는 말씀을 드리지 않을 수 없습니다.

1455년 3월 12일 피콜로미니 올림.

마인츠의 선제후는 물론 스트라스부르, 쾰른, 프랑크푸르
트의 제후와 유력자들이 모두 초청되었고, 멀리 바티칸에서
도 교황 니콜라우스 5세의 사절단이 찾아왔다. 마인츠는 숱
한 명사들이 여는 파티와 모임으로 매일 밤 북적거렸다.
　구텐베르크는 어디에서나 화제의 주인공이었다. 그의 천
부적 재능과 10년간의 초인적 노력에 대해 사람들은 찬사를
보냈다. 구텐베르크는 구두방울 소리를 울리며 하룻밤에도
몇 군데의 미팅과 파티에 불려 다녔고, 뒤늦게 찾아온 인생
최고의 순간들을 매일 밤 최고의 와인으로 자축했다.
　"아니, 이게 뭐야!"
　구텐베르크는 기념식을 불과 사흘 앞두고 마인츠 재판소
에서 날아온 판결문을 보자 자신의 눈을 믿을 수 없었다.

피고 구텐베르크는 원고 푸스트의 투자금을 성경 인쇄에만 사용할 것을 약속하였다. 하지만 피고는 그중 일부를 다른 용도로 사용해 계약을 위반하였으므로 인쇄기와 완성된 성경 180부의 소유권 및 처분권을 원고에게 양도하라.

"안 돼!"

사람을 잘 믿고 낙천적이었던 구텐베르크는 푸스트의 교활한 계략에 빠졌음을 뒤늦게 깨달았다. 대여금이든 투자금이든 성경 180부를 팔면 모두 갚고도 남을 액수였지만, 묘한 계약조건에 발목 잡혀 인쇄된 성경도, 인쇄기도 몽땅 빼앗기고 말았다. 구텐베르크는 며칠간 계속 재판소를 찾아가 울부짖으며 억울함을 하소연했으나 재판관들은 요지부동이었다.

측근들은 그의 신변에 문제가 생기지 않을까 염려했지만 그는 예상을 깨고 출간 기념식에 말쑥한 차림으로 나타났다. 선제후들과 사절단을 비롯한 사람들 앞에 선 그는 점잖은 어조로 준비한 기념사를 읽고 난 후 마지막에 가서야 감정을 실었다.

"지금 나는 성경 180부를 완성했고 이걸 팔면 돈을 다 갚고도 한참 남습니다. 하지만 재판관은 성경 180부와 인쇄기를 넘겨주라는 판결을 했습니다. 재판소가 돈 많은 푸스트와 결탁한 것입니다. 지금 우리는 부와 결탁한 권력의 희생양이 되는 운명을 피할 수 없지만, 우리의 후손은 다릅니다. 구텐베르크의 인쇄기는 법전을 인쇄할 것입니다. 역사를 인쇄하고 철학을 인쇄할 것입니다. 그리하여 힘없고 가난해 무시당하고 착취당하는 이 세상의 모든 사람에게 힘을 줄 것입니다. 저들은 내게서 기계와 인쇄물을 빼앗을 수는 있지만 인류의 위대한 동행이라는 인쇄의 정신은 빼앗지 못합니다. 오늘은 모든 사람이 손을 잡고 동행의 첫걸음을 떼는 날입니다. 하여 나는 성경 180부와 인쇄기를 기쁜 마음으로 빼앗기겠습니다. 하하하하! 으하하하! 감사합니다!"

구텐베르크답지 않은 명연설이었다. 연설이 끝나자 식장에 모인 사람들은 뜨거운 박수로 구텐베르크를 지지했고 그의 억울한 사정을 안타까워했다.

몸에 맞지 않는 이성의 옷을 껴입고 최고의 명연설을 해냈지만 구텐베르크는 역시 구텐베르크였다.

"으흐흐흐!"

와인이 한 순배 돌아가자 그는 흐느끼며 쿠자누스의 품을 파고들었다.

"쿠자누스, 나의 친구여. 부디 나를 위해 프리드리히 황제

222

를 만나주게. 위대한 동행이고 뭐고 간에 솔직히 지금은 연줄이 필요해. 자넨 황제와 잘 통하잖나. 푸스트의 돈을 능가하는 줄을 잡아 판결을 뒤집어야 한다니까. 어서 비엔나로 달려가주게, 부탁하네."

1499년 어느 여름날의 오후, 고르드 수녀원에서 나온 마차 한 대가 험한 고갯길을 참을성 있게 지난 다음 구릉 아래 편평한 곳에 멈추었다.

문이 열리자 젊은 수녀의 부축을 받으며 내린 한 수녀가 느릿느릿 걸음을 옮겨 나갔다. 그녀가 간신히 손을 들어 가리킨 것은 라벤더 꽃밭을 가로질러 보이는 수도원이었다. 담장 옆 성긴 나무 그늘에 오래된 사이프러스 나무 의자 하나가 외따로 놓여 있었다. 수녀는 한동안 가만한 눈길로 의자를 살피고 난 후 젊은 수녀의 도움을 받아 몸을 기댔다.

하얀 두건 위 검은 베일을 걷어 올리는 수녀의 눈에 무리진 보랏빛 라벤더가 들어왔다. 산등성이를 타고 쏴아 불어온 바람이 꽃밭을 훑어가자 라벤더 향은 공기 중에 퍼져나갔다. 수녀는 떠다니는 옅은 향기를 붙잡기라도 하듯 손을 뻗어 허공을 몇 번 움켜쥐고는 손바닥을 코에 갖다 댔다.

나이는 들었지만 아직 얼굴의 고운 선이 사라지지 않은 수녀는 카레나였다. 30년을 침잠의 방에서 나오지 않아 성녀로 여겨졌고, 방에서 나온 후에도 25년간 묵언수행을 한 경이의 대상이었다. 그녀의 죽음이 다가왔음을 느낀 원장은 55년 만의 외출을 애가 닳도록 간청했고, 드디어 오늘 그녀의 허락을 받아 세낭크 수도원의 라벤더 꽃밭으로 마차를 낸 것이었다.

카레나가 말을 잊은 건 이미 오래전이었다. 그 기나긴 세월을 침묵으로 일관하다 보니 말도 음성도 소멸해버린 듯 언제부터인가 그녀에게서는 아무 소리도 들리지 않았다. 젊은 수녀는 카레나가 힘겨운 동작으로 몇 번이나 향기를 움켜쥐어서는 코로 가져가는 걸 보자 바람이 야속했다. 몸을 틀어 바람을 막아보았으나 코에 스미는 라벤더 향기는 여전히 미미하기만 했다.

카레나는 라벤더 향을 포기한 듯 손을 내린 채 멍하니 꽃무리를 바라보고 있었다. 젊은 수녀는 카레나를 편안하게 해주려고 기울어진 그녀의 몸을 살며시 받쳐주다 이상한 기분이 들어 주변을 둘러보았다. 별다르게 눈에 띄는 게 없어 다시 카레나의 몸을 받치려는 순간 젊은 수녀는 돌연 소름이 끼쳐 흠칫했다.

소리였다.

카레나 쪽으로 고개를 홱 돌린 젊은 수녀의 눈에 카레나의 우물거리는 입술이 들어왔다. 믿을 수 없는 일이었다. 하지만 분명 오랫동안 말을 잃은 카레나 성녀가 입술을 우물거리며 미약한 소리를 내고 있었다.

젊은 수녀는 얼른 카레나의 입술에 자신의 귀를 갖다 댔다. 쌔근거리는 숨결 사이로 분명 소리 같은 것이 새어 나오고 있었다. 젊은 수녀는 귀를 입술에 더욱 가까이 갖다 댔다. 카레나는 뭔가 말을 하려 우물거렸으나 입술을 벌리지 못하고 있었다. 젊은 수녀는 잠시 망설이다 조심스럽게 손가락을 입술에 대고 입술 틈을 조금 벌려주었다.

순간 젊은 수녀는 자신의 귀를 믿을 수 없었다. 너무나 생생하게 귓전을 파고든 바르고 명료한 소리 때문이었다. 마치 지난 55년간 단 하루도 거르지 않고 말해온 듯 기다란 문장이 정확한 발음에 실려 귓속으로 파고들었다.

"상감마마, 새 글자는 완성하셨는지요?"

돌아온 펨블턴

    길고 긴 상상을 마친 기연은 그간 책상 위에 늘 펼쳐두었던 구텐베르크 전기를 비롯해 쿠자누스 평전 등 모든 전적과 자료를 덮었다.

    마음 같아서는 아예 마인츠와 스트라스부르에 머물며 더욱 치밀하게 숨겨진 역사를 드러내고 피셔 교수를 추적해 전 교수 살해사건의 진상을 밝히고 싶었지만 능력 밖의 일이었다. 더군다나 허락받은 한 달간의 휴직이 끝나 당장 회사로 돌아갈 수밖에 없는 상황이었다.

    "김 기자, 시간이 더 필요한 거 아냐?"

    기연의 머뭇거림을 눈치 챈 팀장은 호의처럼 들리는 한마디를 던졌으나 사실은 비꼼이 잔뜩 들어가 있었다. 기연은 그의 말이 채 끝나기도 전에 손사래를 쳤다. 팀장의 힐난이 아니더라도 그간 자신의 빈자리를 메워준 선후배와 동료들을 생각하면 더 이상 일탈을 도모할 수 없는 일이었다.

기연은 밀린 일들을 처리해나가는 한편 기획기사를 준비했다. 하지만 열심히 일을 하면 할수록 인데르노 신부의 메일을 통해 새롭게 떠오른 엘트빌레 수도원의 존재가 기연의 뇌리를 파고들었다. 일대기를 줄줄이 외울 정도로 구텐베르크를 깊이 연구한 기연에게 엘트빌레는 낯선 이름이 아니었다.

"엘트빌레 수도원이라……."

엘트빌레는 마인츠에서 불과 10여 킬로미터 떨어진 작은 수도원 마을로, 구텐베르크 가를 비롯한 마인츠 귀족들의 별장이 많이 있었던 곳이다. 1411년 마인츠에서 귀족과 길드 간에 소요사태가 발발했을 때 구텐베르크 가는 엘트빌레로 피신했고, 구텐베르크는 어린 시절 대부분을 그곳에서 지냈다.

카레나라는 이름이 전 교수의 죽음은 물론 자신의 납치까지 야기한 상황에서 엘트빌레 수도원이 카레나를 추적했다면, 그 수도원은 당연히 전 교수 살해의 용의선상에 올려 조사해야 할 대상이었다. 기연은 고심 끝에 한 사람을 떠올렸다.

미스터 펨블턴.

더 이상 그의 시간을 빼앗는 것도 내키지 않았고, 아무리 펨블턴이라 하더라도 엘트빌레 수도원이라는 이름 하나로 뭘 할 수 있을 거라 생각되지는 않았다. 하지만 비명에 간 전 교수와 그의 부인을 생각할 때 이것은 자신이 해야 할 최소한의 의무적 조치였다.

기연은 처음 자신이 전 교수 살해현장에 도착했을 때부터 인데르노 신부의 메일을 받을 때까지 마주쳤던 모든 사실에 더해 카레나에 대한 자신의 역사적 상상까지 빠짐없이 적어 펨블턴에게 이메일을 보냈다.

메일을 보낸 사실조차 잊어버린 채 회사 일에 열심이던 기연은 한 성폭행범의 재판정에서 휴대폰 진동과 더불어 화면에 뜬 펨블턴의 이름을 보고는 온몸이 짜릿했다. 왈칵 솟구치는 반가움에 잠시 멍한 상태로 앉아 있던 기연은 얼른 밖으로 뛰어나와 휴대폰을 귀에 갖다 댔다.

"김 기자, 오랜만이오."

예전과 다름없는 믿음직한 목소리가 휴대폰에서 흘러나오자 기연은 감동과 함께 의욕이 불끈 솟구쳐 올랐다.

"펨블턴 씨, 정말 죄송해요. 이렇게까지 시간을 뺏고 싶은 생각은 없었는데 엘트빌레 수도원이 목에 걸린 가시처럼 넘어가지 않아 할 수 없이 메일을 드렸어요. 6주간이나 소식이 없으셔서 이제 관심을 완전히 끊으신 줄로만 알았어요."

"김 기자의 정보는 아주 중요한 것이었소. 지난번 우리가 더 이상의 추적을 멈췄던 건 꼬리 하나 끊어내는 것이 의미가 없다 판단했기 때문이오."

"네, 펨블턴 씨."

"그런데 이제 몸통이 나타난 거요. 피셔라는 꼬리 뒤의 몸통 말이오."

"펨블턴 씨도 엘트빌레 수도원을 심상치 않다 생각하시는 건가요?"

"본래 이 사건에는 내 마음을 편치 않게 하는 큰 의문이 있었소."

"사실은 저도 이번에 카레나가 살았던 시대를 깊이 파고들어 조사하면서 커다란 괴리감이 들었어요."

"그게 뭐요?"

"카레나와 연관된 당시의 가장 중요한 인물은 쿠자누스예요. 하지만 이 사람은 광명정대하고 모두에게 존경받았어요. 뿐만 아니라 중세의 교부철학을 넘어 인간에게로 눈을 향하는 근대 철학을 연 사람으로 지금까지 진지하게 연구되고 있죠. 흠잡을 데가 전혀 없어요. 저는 이분과 카레나 사이에 혹시 오욕을 부를 만한 일이 있는지 찾아봤지만 어떠한 증거도 없었어요."

"다른 인물들은 어떻소? 에우제니오 4세나 에어바하 대주교 말이오."

기연은 펨블턴의 입에서 이런 이름들이 나오자 적이 놀랐다. 그가 암암리에 이런 인물들에 관한 역사 기록을 조사했다는 것은 사건의 핵심을 정확히 꿰뚫어보고 있다는 얘기였다.

"그분들의 행위도 그리 비난받을 만한 건 없었어요. 설사 있다 하더라도 당시는 고문과 마녀사냥으로 천지가 진동할 때라 이들의 600년 전 행위가 현대에 이르러 사람을 죽여가며 막아야 할 일이라 볼 수는 없어요. 게다가 가톨릭은 그런 걸 하나도 감추지 않았고, 오히려 앞장서 드러내며 세상에 사과했어요."

"그러면 교황청이 숨기는 비밀이 있는데 전 교수가 그걸 캐고 들어오니 살해했다는 우리의 가정은 철회하는 게 낫겠다는 얘기요?"

"네."

펨블턴의 목소리에서 만족감이 전해져 왔다.

"김 기자도 나만큼이나 마음이 편치 않았던 모양이오. 그럼 우리 두 사람의 의견이 일치했으니 그걸 결론으로 내립시다. 그런데 하나 변치 않는 사실이 있소."

"뭔가요?"

"카레나가 여전히 숨겨야 할 어떤 비밀의 열쇠라는 거요."

"그 비밀이 혹시 엘트빌레 수도원과 얽힌 건가요?"

"난 그렇게 생각하오."

"전 교수님은 그 비밀에 접근하다 살해당했고요?"

"그럴 거요."

"바티칸 수장고에서 카레나를 찾았다는 사실 하나로 엘트
빌레 수도원을 그렇게까지 생각하는 건 비약이 아닐까요?"

"비약은 아니오. 엘트빌레는 범상한 수도원이 아니니까."

"그 수도원이 구텐베르크의 신전이라는 건 저도 알고 있어
요."

"그런 뜻이 아니오. 독일에는 세간에 알려지지 않은 숨은 권
력자들의 비밀회의가 있는데 딱 두 번 노출된 적이 있소. 한
번은 뉘른베르크 전범재판 도중 열렸던 회의이고, 또 한 번은
독일 통일 직전의 회합이오. 둘 다 기록에 남아 있소. 이들이
모였던 곳이 바로 엘트빌레 수도원이었던 거요."

기연은 그간 펨블턴을 겪어본 결과, 엉뚱해 보이는 그의
주장이 사실은 명확한 증거와 논리에 기초한 합리적 추론이
라는 걸 알고 있었다.

"사건이 거대하게 선회하는군요."

"그렇소. 교황청에서 엘트빌레 수도원으로 방향을 튼 것이오. 하지만 더욱 중요한 건 우리의 관심이 과거에서 현재로 넘어온 것이오."

기연은 고개를 끄덕였다. 공감이 가는 올바른 방향 전환이었다.

"그러면 이제 펨블턴 씨가 본격적으로 개입하시는 건가요? 몸통이 드러났으니."

"그래서 전화한 거요. 김 기자가 프랑크푸르트로 좀 와줘야겠소."

기연은 갑작스런 펨블턴의 말에 당황했다. 마음 내키는 대로 아무 때나 갈 수 있는 사정이 아니라 뭐라 대답해야 할지 난감했다.

"아, 그건, 제가 좀……, 특별한 일이 있으신가요?"

"엘트빌레 수도원 같은 곳은 어떻게 해볼 도리가 없소. 우리가 상대할 수 없는 강자들인 데다 어떠한 불법도 저지르지 않으니까."

"우리 사회부 기자들 사이에 회자되는 우스갯소리가 있어요."

"뭐요?"

"누구나 세 발짝만 걸으면 범죄자다. 법이 있는 한."

"하하, 그렇소. 그들이 범죄를 저지르지 않는다는 건 정확히 얘기하면 그들의 범죄는 결코 드러나지 않는다는 얘기요. 따라서 정식으로 수사를 개시해 범인을 체포하고 기소하는 쪽으로 방향을 잡으면 아무것도 얻을 수 있는 게 없소."

"그럼 어떻게 할 수 있다는 거죠?"

"나는 그들과 거래를 할 작정이오."

"거래? 어떤 거래가 가능할까요?"

"일단 그들과 연관된 어떠한 일도 세상에 알리지 않는 거요."

"보도를 하면 안 된다는 말씀인가요?"

"그렇소. 그들이 가장 꺼리는 게 바로 자신들의 존재가 세상에 드러나는 일이오. 그러니 거래를 할지 말지, 선택은 김 기자가 하시오."

"저의 선택 이전에 어떤 거래인지는 몰라도 막강한 그들이 응할 것 같지 않은데요?"

"그건 모르는 일 아니겠소."

기연은 신중하기 짝이 없는 펨블턴이 이렇게 말하는 걸 보고 그간 무슨 일이 있었을 거라 짐작은 하면서도, 도대체 펨블턴이 무엇으로 그들을 움직일 수 있을지 전혀 알 수 없었다.

"거래할 물건이 우리 측에 있어야 하는데 제 생각엔 아무것도 없어요. 기껏해야 그들이 바티칸 수장고에서 카레나의 흔적을 찾았다는 정도인데, 그걸 가지고 무슨 거래를 할 수 있겠어요?"

"김 기자, 다른 건 내게 맡기고 침묵할 수 있는지 없는지만 판단하시오."

"전 교수 살해사건의 진상을 알게 됐는데도 보도하지 않는다는 건 기자에게는 너무도 어려운 일이에요. 하지만 그러지 않고서는 아예 진상을 알 기회조차 없다면 저의 선택은 당연히 침묵입니다. 하지만 이건 저 혼자 결정할 문제는 아닌 것 같아요."

"여하튼 결심이 서면 알려주시오."

전화를 끊고 난 기연은 펨블턴의 이 괴이한 요구를 어떻게 받아들여야 할지 곰곰 생각했다. 펨블턴이라는 거물이 달려들었으니 수도원은 긴장하지 않을 수 없었을 테고, 둘 사이에는 어떤 타협점이 형성되었을 것이다.

기연은 그간 자신이 보아온 펨블턴을 믿기로 했다. 정당한 대가 없이 범죄의 배후조직과 타협할 사람이 아니었고, 타협했다면 반드시 그에 상응하는 대가를 얻어냈을 터였다.

기연은 현지 시각을 확인하고 미국에 있는 전 교수 부인에게 전화를 걸었다. 미국으로 떠나기 전 도대체 왜 남편이 죽었는지 이유라도 알았으면 원이 없겠다던 그녀와 의논해야 할 일이었다.

기연이 사정을 설명하자 부인은 망설이지 않고 대답했다.

"내 생각은 변함없어요. 남편이 무슨 일을 하다 왜 죽었는지 알기만 하면 원이 없어요."

"혹시 범인을 알게 되더라도 세상에 드러낼 수 없고 처벌은 더더욱 할 수 없어요. 그래도 괜찮을까요?"

"그런 정도라면 더더욱 진상을 아는 게 중요하단 생각이 들어요. 남편이 부당한 행위를 하지 않았다는 사실만이라도 확인된다면 위안이 될 것 같아요. 어쩌면 남편도 그걸 더 원할지 몰라요."

"알겠습니다."

"펨블턴 씨에게 고맙단 얘기를 전해주세요. 누구도 할 수 없는 일을 하시는데 우리가 뭐라도 도와드려야죠."

전화를 끊고 난 기연은 망설임 없이 펨블턴에게 전화를 걸어 침묵을 약속하고 프랑크푸르트로 갈 계획을 세웠다. 회사에서 허락할 리 없지만 완강히 반대하면 사표를 내고라도 가야 한다고 생각했다.

독일로 가기 전 기연은 일단 매일 1회씩 4회에 걸쳐 기획

기사를 썼다.

1. 전 교수의 피살 - 중세식 처형이었나
2. 교황의 편지 - '세케'는 충숙왕인가
3. 구텐베르크 성경의 모래알 흔적 - 직지는 과연 유럽에
   전파되었나
4. 직지의 정신 - 훈민정음과 같이 간다

기연의 기사는 폭발적 반응을 불러일으켰다. 특히 직지의 금속활자가 구텐베르크에게 전달되었다는 외국 학자들의 구체적 검증방법과 논거에 대한 사회의 관심은 뜨거웠다. 그간 미국 앨 고어 부통령의 인사말이나 구텐베르크 초상화, 또 다큐멘터리 영화 〈직지코드〉 등을 통해 직지의 유럽 전파에 대한 주장이 나오곤 했었다. 하지만 그 주장에 대한 판단이 어려울 수밖에 없는 상황에서, 전자현미경을 통한 과학적 검증을 소개한 기연의 기사에 쏟아지는 관심은 당연한 것이었다.

"가도 되나요?"

기자의 대우는 기사에 따라 달라지는 법이라 대박을 터뜨린 기연의 독일 출장 품의서에 데스크는 반색했다.

"얼른 비행기 잡아. 출장비 넉넉하게 써내고. 가능하면 이번에는 한 10회 쓸 수 있는 걸 해와. 김기연 파이팅!"

프랑크푸르트에서 호텔을 잡아놓고 기연을 기다리던 펨블턴은 체크인이 끝나자 식당에 자리를 잡았다. 기연이 전 교수 부인의 선택을 알렸을 때 펨블턴은 만족스러운 듯 고개를 끄덕였다.

"저는 처음엔 부인의 선택을 도저히 이해하지 못했어요. 범인을 못 잡는다 하더라도 영원히 용서하고 싶지는 않은 게 인간의 본성이잖아요. 그런데 다시 생각해보니 그럴 수도 있겠다 싶었어요."

"그분은 달리 도리가 없으니 그거라도 택하겠다는 결심을 하신 건 아닐 거요. 범인을 잡아 처벌할 수 있는 상황이라 하더라도 오히려 이쪽을 택했을지도 몰라요."

"아쉬운 일이기는 해요."

"사건이란 상대가 있는 게임이오. 완전히 이기는 게 물론 좋지만 지금처럼 강한 상대와는 거래를 하는 게 낫소."

"발이 넓으실 텐데 독일 검찰이나 경찰에 선을 대서 이들의 범죄행위를 알리는 게 낫지 않을까요? 만약 이들과 거래할 수 있을 정도의 강력한 정보가 있다면."

펨블턴은 고개를 가로저었다.

"이들이 바로 국가요. 타협이 아니면 아무것도 얻을 수 없소."

기연은 고개를 끄덕였다. 자신의 생각으로도 이쪽에는 상대와 거래를 할 물건이 전혀 없었다. 무슨 생각을 하고 있는지 알 수 없었지만, 기연은 펨블턴이 하자는 대로 할밖에 달리 방법이 없었다.

"내일 마인츠로 가나요?"

"아니, 비스바덴에서 약속을 잡았소."

다음 날 오전 기연을 차에 태우고 출발한 펨블턴은 비스바덴에 도착하자 전혀 예상하지 못했던 곳으로 기연을 데려갔다.

"옷을 벗고 들어오시오."

"네?"

기연은 혼비백산했다. 계산을 마친 펨블턴이 기연과 같이 들어선 곳은 옷을 벗는 탈의실이었기 때문이었다.

"상대를 사우나 안에서 만나기로 했소. 증기가 시야를 가릴 때도 있지만 피살될 위험은 없으니 안심하시오."

기연은 엉거주춤 어떻게 할 줄을 몰랐으나 펨블턴은 옷을

다 벗고 먼저 사우나 안으로 들어가버렸다. 기연은 도청을
피하기 위해 사우나로 장소를 잡았구나 생각하면서도 망설
였다. 괴팅겐 유학 시절 독일의 남녀 혼욕문화에 관해 들은
적은 있었지만 막상 눈앞에 닥치니 혼란스러울 뿐이었다. 하
지만 여성들이 스스럼없이 들어와서 아무 거리낌 없이 사우
나로 들어가는 걸 보고는 옷을 벗지 않을 수 없었다.

　기이한 일이었다. 막상 옷을 다 벗자 전혀 어색하지도 당
황스럽지도 않았다. 오히려 기연은 중요한 장면을 놓칠까 조
바심이 나 얼른 커다란 유리문을 밀고 사우나 안으로 들어섰
다. 뜨거운 공기가 기연의 몸을 감쌌다. 기연을 본 종업원이
안으로 들어와 민트를 뿌리고 공중에 수건을 휘휘 돌려 뜨거
운 공기가 몸에 가까이 닿도록 했다.

　기연은 사우나 안의 증기에 눈이 적응하자 주변을 둘러보
았다. 바로 코앞에서 펨블턴이 서른이 갓 넘어 보이는 금발
의 남자와 악수를 마치고는 기연을 소개했다.

　"한국에서 온 김기연 기자요. 이쪽은 엘트빌레 수도원을
소유하고 있는 빌헬름 가문에서 오신 분이오. 이분은 전통에
따라 내 얘기를 잠자코 듣기만 한 뒤 그분들에게 전달할 것
이오."

　기연은 펨블턴이 입에 올린 그분들이 수도원에서 기다리

는 배후의 권력자라면 이 청년의 임무는 상대의 말을 정확히 전달하는 거라 생각했다. 단 한 마디도 놓치지 않기 위해 대화를 하지 않는 전통이 생겼을 거라 짐작하자 수도원의 신비하고 비밀스런 분위기가 물씬 스며들었다.

세 사람은 벌거벗은 채 돌바닥에 엉덩이를 대고 앉았다. 증기가 완전히 걷히자 기연은 상대방의 얼굴을 볼 수 있었다. 금발에 하늘색 눈을 한 잘생긴 얼굴에는 태어날 때부터 타고난 상류층 특유의 품격이 스며 있었다.

"피셔 교수가 저지른 살인사건에 대해 설명하겠소."

"네."

펨블턴의 말에 빌헬름은 겸손한 태도로 대답했다.

"피셔 교수를 살인범이라 의심하기는 매우 어려운 일이었소. 괄목할 만한 논문을 써 명성을 얻었기 때문이오."

"네."

"직지 관련 논문을 쓴 학자라는 이유로 사람들은 그가 범죄자일 가능성을 배제했소. 하지만 나는 반대의 가정을 하는 것도 수사의 한 방법이라 생각했소. 즉 피셔가 그 논문을 쓰지 않았다는 가정 말이오."

"네."

"누군가 피셔 대신 그 논문을 써줬다 가정하고 쫓아가보았소. 겉으로 봐서는 나의 가정을 만족시킬 만한 증거는 전혀 나오지 않았소. 어쨌든 끈질기게 가정과 일치하는 증거를 찾아가던 나는 결국 아주 특별한 증거 하나를 찾아냈소."

"네."

"그는 한국의 직지와 구텐베르크의 42행성서 인쇄면을 전자현미경으로 비교해 논문을 썼소. 그런데 그 논문을 쓰려면 반드시 두 건의 계약이 필요하오."

"네."

"직지는 프랑스 국립도서관에 있소. 전 세계에 한 본밖에 없으니 도서관 측에서 아무에게나 대여하지도 않고, 꼭 대여해야 할 사정이 있을 때는 안전장치를 단단히 하기 마련이오."

"네."

"그래서 상당한 금액의 보험을 들도록 했소. 그것은 구텐베르크의 42행성서도 마찬가지였소."

"네."

"그런데 내가 조사한 보험계약자는 요하네스 폰 피셔가 아니었소."

곁에서 듣고 있던 기연은 감탄하지 않을 수 없었다. 이 사람 펨블턴은 그야말로 수사의 귀재임이 틀림없었다.

"팡테옹 소르본대학의 클러바 교수 명의로 두 건의 보험계약이 이루어졌소. 보험금도 팡테옹 소르본에서 AXA 보험회사로 직접 송금되었소."

"네."

"피셔는 이름만 얹은 거요. 주 연구자는 클러바 교수이고."

"네."

"여기까지는 있을 수 있는 일이오. 하지만 불행하게도 클러바 교수는 자신의 이름으로 그 논문을 발표하지 못했소."

기연의 입에서 자신도 모르게 한마디가 튀어나왔다.

"피셔가 죽였군요."

"그렇소."

빌헬름은 전혀 표정 변화를 보이지 않은 채 펨블턴을 응시하고 있었다.

"나는 프랑스 경찰에 이 사건에 대한 수사를 의뢰할 수도 있소. 하지만 그럴 경우 엘트빌레 수도원이 상당히 곤혹스런 입장에 빠질 수 있다고 생각하오. 피셔가 수도원의 중요한 멤버이기 때문이오."

"네."

"또한 피셔는 수호기사를 한국으로 보내 전형우 교수를 살해했소. 그 수호기사는 전통적으로 엘트빌레 수도원을 지켜온 가문에서 보낸 자요. 살인자는 피셔지만 내가 수도원을 배후로 지목하면 수도원이라 해도 쉽게 빠져나갈 수 없소."

"네."

"나의 제안을 말하겠소. 간단한 일이오. 전 교수 죽음의 전말에 대해 여기 김 기자에게 소상히 설명하기 바라오. 약속대로 모든 걸 침묵에 묻을 거요. 기사를 쓴다거나 하는 일은 없소. 김 기자는 피살자인 전 교수의 미망인을 대리하는 사람이고, 그녀는 진상을 알고자 할 뿐이오. 그분들이 수도원의 정죄를 원하신다면 합당한 제안일 거요."

"말씀하신 대로 전하겠습니다."

빌헬름은 두 사람에게 가볍게 목례를 하고는 사우나를 나갔다.

엘트빌레의 회합

검정 반코트를 입은 여섯 명의 노인과 역시 검정 수사복을 입은 한 사제가 엘트빌레 외곽에 위치한 오래된 수도원 본당 뒤편의 작은 예배당으로 무거운 발걸음을 옮겼다.

워낙 인적이 끊긴 수도원인 데다 드문드문 찾아오는 관광객들은 대부분 본당과 그 앞의 정원에 정신을 빼앗기다 보니 뒤편에 예배당이 있는지 아는 사람은 거의 없었다. 그것은 이 수도원의 소유주들이 원하는 바이기도 했다.

오늘 이들이 모이는 곳은 예배당 내의 도서관이었다. 설령 누군가가 우연히 이 예배당에 발을 들였다 치더라도 예배당 안에 이런 도서관이 있다고는 상상조차 할 수 없을 터였다.

이 개방형 수도원이 건축된 1200년부터 수도원 내 본당은 주민들이 예배를 보는 곳이었고, 작은 예배당은 성직자들의 예배 공간이었다. 따라서 그곳에는 앉을 수 있는 의자도 몇 개 없었다. 예배당 중앙에 제단이 있었고, 좌우에 선 원형 기둥 옆에는 영원히 꺼지지 않는 향촛대가 놓여 있었다. 그 향초에는 천년 세월의 그을음 냄새가 은은하게 퍼지고 있었다.

하나씩 그림자처럼 스며들어온 남자들은 예배당의 제단이나 향초 따위에는 눈길도 주지 않은 채 곧바로 제단 오른편 벽으로 다가갔다. 그 벽에는 마치 방금 들은 하느님의 계시를 받아 적으려는 듯, 한 손에 펜대를 들고 고개를 갸우뚱한 채 서 있는 세례 요한의 모습이 수놓인 태피스트리가 걸려 있었다. 태피스트리를 살짝 들어 올리자 작은 문이 나타났고, 남자들은 태피스트리를 제자리로 당겨놓은 후 가파른 돌계단을 따라 내려갔다.

이윽고 그들의 눈앞에 꽤 넓은 공간이 나타났다. 벽면을 따라 설치된 높은 책장에는 책과 두루마리 문서가 가득 차 있었다. 중앙에는 키 높은 탁자들이 놓여 있었고, 그 위에 양피지로 만든 두꺼운 책들이 펼쳐진 채 체인으로 연결돼 매달려 있었다. 펼쳐진 페이지에는 작은 라틴어 글자들이 빼곡히 쓰여 있었으며, 가장자리에는 독일어로 된 주석들이 달려 있었다. 아마도 수백 년 이상 그렇게 체인에 매달려 있었던 것으로 보였다.

이 엘트빌레 수도원을 건축한 마인츠 대주교 니콜라우스가 수도원보다도 도서관에 더 많은 신경을 썼다는 것은 잘 알려진 사실이었다. 자신이 수집한 수백 권의 책을 기증하면서 이 유서 깊은 건물이 탄생했던 것이다.

마지막으로 한 남성이 문을 열쇠로 잠그며 계단을 따라 내려오자 서 있던 남자들은 모두 한쪽 구석에 있는 넓은 탁자에 자리를 잡고 앉았다. 널찍한 마호가니 탁자의 상판 전체가 화려한 꽃 모양의 모자이크로 덮여 있어 어둡고 장식이 거의 없는 도서관의 삭막한 분위기와 대조를 이루었다.

손끝만 스쳐도 부서져 날아갈 것 같은 건조한 피부로 인해 나이를 가늠할 수 없으나 위엄이 넘치는 남자가 탁자 앞에 서자, 앉아 있는 여섯 남자의 얼굴이 더욱 심각하게 굳었다.

"요하네스 폰 피셔, 그는 조용히 처리해야 할 일을 세상의 관심사로 부각시켰소. 카레나가 수면 위에 떠오른 것도 그가 쓸데없이 한국인 교수를 살해함으로써 기자가 따라붙었기 때문이오. 그의 경솔함이 이제는 프랑스 경찰까지 수도원으로 끌어들이려 하오. 나는 요하네스 폰 피셔를 파문해 모든 것을 침묵 속에 파묻어야 한다고 생각하오."

말을 마친 남자의 눈길이 탁자에 앉은 한 사람 한 사람과 마주칠 때마다 사람들의 눈은 빛났고, 잠시 후 엄숙한 선고가 오래된 도서관의 높은 천장에 울려 퍼졌다.

"요하네스 폰 피셔를 파문하노라!"

엘트빌레 수도원 측은 필사방으로 기연을 안내했다. 그 방
에 들어서자 기연의 뇌리에는 자연스럽게 카레나가 자리 잡
았다. 거의 모든 수도원에서 노동의 일환으로 필사를 하던
시절, 혼잣몸으로 이 낯선 세계에 들어와 금속활자를 퍼뜨렸
던 카레나. 세닝크 수도원 앞 라벤더 꽃밭에서 한평생 참아
온 한마디를 터뜨리고 산화한 그녀는 이미 기연의 마음속 깊
은 곳에 또 하나의 자아로 자리 잡고 있었다.

"토머스 수사님을 소개합니다."

빌헬름의 목소리에 고개를 든 기연의 눈길에 늙수그레한
수사 한 사람이 두 손을 모은 채 고개를 숙인 모습이 들어
왔다.

"우트 베네디카트 티비 데우스(Ut benedicat tibi Deus, 하느
님께서 당신에게 축복을 내리시기를)."

라틴어로 인사를 마친 늙은 수사는 바닥에 무릎을 꿇은 빌
헬름의 머리에 손을 얹었다.

"성 요한의 거룩한 이름 앞에서 오직 진실만을 말할 것을
다짐하는가?"

"다짐합니다."

수사가 라틴어로 기도를 마치자 빌헬름은 일어나 기연 앞에 앉았고, 수사는 빌헬름 뒤에 마치 증인 같은 모습으로 우뚝 섰다. 빌헬름은 나직한 목소리로 얘기를 시작했다.

"독일에는 신성로마제국 시절부터 선제후들의 비밀회의가 있었습니다. 이것이 근현대로 접어들면서 지하로 들어갔는데, 800년 이상의 역사를 가지다 보니 우리 수도원이 그 비밀회의의 중심이 되어온 건 부정할 수 없는 사실입니다."

"네, 알고 있습니다."

"수도원 회의는 이런저런 국가의 중대사를 논의해왔는데, 작년 하반기에 독일의 반도체를 움직이는 분들과 회합을 가졌습니다."

기연은 머릿속으로 독일 반도체 산업의 지형도를 그렸다. 세계적으로 명성을 떨쳤던 하노버의 전자박람회 세빗(CeBIT)이 미국의 라스베이거스 가전박람회(CES)로 인해 맥을 못 추다가 없어져버린 건 독일인들의 자존심에 큰 상처를 입힌 사건이었다. 한때 선두권에 섰던 메모리 반도체가 한국의 비상에 밀린 것 또한 독일 반도체 산업의 미래를 어둡게 만들었다. 하지만 아직 비메모리 반도체 분야 설계에서는 일본, 미국과 같이 선두권을 형성해 독일의 유일한 희망이 되고 있었다.

"우리는 중국을 주목했습니다. 우리의 앞선 반도체 설계와 무지막지한 자본을 쏟아 붓는 중국의 반도체 굴기가 힘을 합하면 한국의 반도체를 넘어설 수 있다 판단한 겁니다."

기연은 어쩌면 극비일 수 있는 이러한 사실을 아무 거리낌 없이 술술 내뱉고 있는 빌헬름이 신기할 정도였지만, 진실의 맹세 때문인지 그는 막힘없이 얘기를 풀어나갔다.

"비메모리는 우리가, 메모리는 중국이 자신 있는 분야라 우리는 원대한 목표를 가지고 협약을 맺었고 의욕적으로 프로젝트명을 붙였습니다. 혹시 그 프로젝트가 뭔지 짐작하시겠습니까?"

기연은 그 프로젝트가 구텐베르크의 신전이라는 엘트빌레 수도원에서 출범했다면 어떤 이름일지 바로 짐작할 수 있었다.

"구텐베르크 프로젝트?"

"그렇습니다."

"아!"

기연의 머리가 확 밝아졌다. 야심차게 출발한 프로젝트에 구텐베르크라는 이름을 붙였다면 다시 한번 인류의 천년 혁명을 이끌겠다는 위대한 뜻이 있었을 것이다. 그런데 카레나

249

라는 이름이 드러나고 구텐베르크가 조선의 주물사주조법을 전수했다는 게 공론화되면 프로젝트의 정신은 훼손될 수밖에 없고, 다시 한번 경쟁상대인 한국의 모방이라는 프레임에 갇힐 것이었다. 기연은 왜 전형우 교수가 죽어야 했고, 카레나라는 이름이 왜 드러나서는 안 되었는지 확실히 깨달았다.

"우리는 전형우 교수가 로마 교황청 수장고에서 오랜 시간 잠자고 있던 카레나라는 이름을 찾아낸 사실이 그렇게 치명적일지 몰랐습니다. 우리 수도원은 구텐베르크 프로젝트라는 명칭에 대해 심각하게 고민했습니다. 화근이 될 일을 만들어선 안 된다는 걸 800년 역사에서 배웠기 때문입니다."

"중국 측의 반대는 없었나요?"

"중국은 한번 결정한 명칭을 바꿀 수 없다는 입장이었습니다. 하지만 우리 수도원은 이 엄청난 프로젝트를 논쟁 속으로 끌고 들어가는 건 옳지 않다는 쪽으로 의견을 모아가고 있었습니다. 그러던 중 사고가 터졌던 겁니다."

"사고란 전형우 교수님의 살해를 얘기하는 건가요?"

"그렇습니다."

"누가 살해한 거죠?"

"피셔 교수가 결행한 일입니다."

"피셔 교수요? 수도원이 피셔 교수에게 지시한 건 아니

고요?"

"피셔의 이름을 보십시오. 그의 이름 한가운데 들어가 있는 '폰(von)'이 무엇을 의미하는지 아실 겁니다."

"네, 귀족 가문이란 뜻이죠."

"그의 게르만 순혈주의가 문제였습니다. 그는 여러 학자들이 두 책 사이의 유사성에 주목하기 시작하자 위기감을 느꼈습니다. 클러바 교수의 연구는 사상 처음으로 구텐베르크 성서와 직지를 직접 비교하는 대규모 작업이었기 때문에 피셔는 그를 살해했습니다. 하지만 그의 연구는 이미 발표일이 잡혀 있었던지라 피셔는 서둘러 공동연구자로 둔갑해 연구 과정에서 이미 공유된 최소한의 내용만 발표하고 연구 결과물을 모두 폐기해버렸습니다."

"그러다 전 교수가 점점 다가오자 살해했군요."

"그렇습니다."

빌헬름은 말을 마치고 나자 다시 바닥에 무릎을 꿇었다. 이번에는 정면의 벽에 걸린 대형 십자가를 향해 기도를 올린 후 늙은 수사의 손등에 입술을 맞춤으로써 자신의 진실을 증명했다.

기연이 수도원을 나오자 밖에서 기다리고 있던 펨블턴이 자동차를 라인강변으로 몰았다.

"좀 걸으면서 얘기합시다."

기연은 펨블턴과 함께 라인강을 따라 걸으며 이 남자에게서는 늘 묵직한 신뢰감이 느껴진다고 생각했다. 깊고 치밀한 사고로 보통 사람은 절대 풀어낼 수 없는 난제를 척척 풀어내는 사람. 기연은 카레나를 떠올렸다. 이역만리에 홀로 떨어졌던 카레나에게 쿠자누스가 이런 사람이었을까 생각하며 기연은 자신도 모르게 펨블턴의 팔을 잡았다.

펨블턴은 잠시 멈춰 서서 라인강의 물결을 바라보았다. 희끗한 머리칼이 바람에 가볍게 날리며 그의 연륜을 말해주는 듯했다.

"누구든 세 발자국만 걸으면 범죄자가 된다 그랬소, 법이 있는 한?"

기연은 소리 내 웃었다.

"그래서 세상의 모든 범죄에는 타협점이 있소."

"범죄자와 수사관의 타협을 말씀하시나요?"

"좁게는 그렇고 넓게는 범죄와 사회의 타협이오."

기연은 고개를 끄덕였다. 사회부 기자로서 공감이 가는 말이었다.

"엘트빌레 수도원 측으로부터 충분한 설명을 들었어요. 신뢰는 갔지만 모조리 피셔 교수에게 떠넘기는 건 아닌가 하는 의심도 들었어요. 한편으로는 살인자인 피셔를 그냥 내버려두는 게 과연 옳은가 하는 생각도 했고요."

"피셔 문제는 그리 간단하지 않을 거요. 수도원으로서도 정죄라는 숙제가 남았으니 기다려봅시다. 그리고 빌헬름에게 얘기 들었겠지만 엘트빌레 수도원과 프로젝트에 참여한 기업들이 프로젝트명을 바꾸기로 결정한 것 같소. 구텐베르크의 직지 모방설이 대세라 아무래도 부담스러웠던 모양이오."

"네, 얘기 들었어요. 하지만 옳은 결정이란 생각은 안 들었어요."

펨블턴은 뜻밖이었는지 기연을 잠시 쳐다보았다.

"그런 생각을 할 줄은 몰랐소. 기뻐할 줄 알았는데. 여하튼 우리 라인강을 보며 마지막 악수로 수사를 끝내기로 합시다. 공항까지는 내가 태워다주겠소."

펨블턴은 손을 내밀었다. 무심코 손을 맞잡으려던 기연은 잠시 망설였다. 그의 마지막 말에 마음이 몹시 무거워졌기 때문이었다.

"그 악수 거두지 말고 잠시 기다려주실래요."

기연은 메고 있던 백팩에서 수첩을 꺼내 조심스럽게 한 장을 뜯어냈다.

구텐베르크 프로젝트에 참여하신 여러분, 직지가 구텐베르크에게 전해졌는지 안 전해졌는지는 아직 확실하지 않습니다. 설혹 전해졌다 하더라도 구텐베르크의 위대함이나 인류 역사에서 그가 일으킨 지식혁명의 거대한 불꽃은 조금도 가려지지 않습니다. 직지가 씨앗이라면 구텐베르크는 누구보다도 화려하게 꽃을 피워내고 열매를 맺게 한 정원사입니다. 구텐베르크 프로젝트라는 자랑스러운 명칭은 그대로 써주시길 직지 연구자이자 한국인의 한 사람으로서 여러분에게 부탁드립니다.

기연은 종이를 깔끔하게 접어 펨블턴의 손에 쥐여준 다음 그의 귀에 대고 누구에게 하는지 모를 모호하기 짝이 없는 마지막 인사말을 속삭였다.

"나의 쿠자누스, 이제 저는 마인츠를 떠나요. 라벤더의 꽃말이 의심이랬죠. 그리고 당신은 의심이 좋을 때가 있다 했고요. 안녕, 펨블턴. 이젠 정말 이별이네요."

직지와 한글 그리고 반도체

"기연 씨, 김정진입니다."

한국에 돌아온 기연은 휴대폰을 귀에 갖다 대자마자 콸콸
쏟아지는 물처럼 경쾌하게 흘러나오는 목소리에 약간 까칠
하게 반응했다.

"여행 한 번 같이 다녀왔다고 막 부르시네요?"

"막 부르다니요?"

"김 기자라 부르세요."

"흐, 알았어요, 김기연 기자. 부탁이 있어요."

"무슨 부탁이요?"

"기연 씨가, 아니 김기연 기자가 쓴 네 번째 기사 때문에
여기 청주에서는 난리가 났어요."

"왜요?"

"청주는 직지의 도시잖아요."

"네."

"그런데 기연 씨도 알다시피 그간 우리는 늪에서 허우적거리고 있었잖아요."

"직지가 세계에서 가장 오래된 금속활자본이라는 것도 인정받았고, 이제 구텐베르크의 42행성서가 직지와 동일한 주물사주조법으로 인쇄됐다는 것도 전 세계에 알렸는데 왜 허우적거려요? 김 교수님만 조금 더 열심히 하시면 돼요."

"그건 그렇지만 앞으로 직지가 어떻게 더 발전적으로 나가야 하는지에 대한 방향을 기연 씨가 제시했단 말이에요. 직지의 정신이 한글의 정신과 본질적으로 같다는 걸 기연 씨가 마지막 기사인 '직지의 정신, 훈민정음과 같이 간다'에서 제대로 제시했단 말입니다."

"누가 제시했든 직지와 한글은 본질적으로 같아요. 금속활자나 한글이나 지식을 지배층의 독점에서 해방시켜 전 인류가 함께 나아가자는 지식혁명의 도구이자 정신이잖아요. 인류 지성이 다다를 수 있는 최고의 단계란 말이에요."

"여하튼 청주에 한번 와줘야겠어요."

"일이 있으면 김 교수님이 오세요. 전 바빠요."

기연은 부지불식간에 형성된 두 사람 사이의 호칭이 상당히 불공평하다는 생각이 들었다. 상대는 자신을 기연 씨니 김 기자니 하고 부르는데 자신은 꼬박꼬박 김 교수님이라 부르고 있는 것이었다. 자신이 서른둘, 상대는 서른여덟이니 나이 차이가 그리 큰 것도 아니었다. "다음엔 김 교수라 불러야지"라고 기연은 혼잣말처럼 중얼거렸다.

"나 혼자가 아니에요. 청주의 문화지형을 움직이는 유력한 분들과 자리를 마련하려는 거니까 기연 씨가 시간을 좀 내주시죠."

"청주는 제가 좋아하는 도시지만 지금 김 교수는 청주를 위해서가 아니라 자기 자신을 위해 와달라고 하는 것 같은데요?"

"네, 부탁 좀 할게요. 사실 내 입장도 있긴 해요."

"김 교수 입장이 뭔데요?"

"청주에서는 그래도 제가 '직지 교수'라는 별명이 붙었을 정도로 직지 전문가로 통하는데 아비뇽까지 같이 갔다 온 김 기자를 초청도 한 번 못하면 무능해 보이잖아요."

"호호, 김 교수 진짜 무능하시던데……."

"한 번 봐줘요."

"다른 일정이 없는 걸 다행으로 생각하세요."

기연은 몇 번 김 교수라 부른 데서 만족감을 느끼며 전화를 끊었지만 기분이 썩 좋아진 것은 아니었다. 호칭에서 오는 불평등은 해소했다 하더라도 서로 말을 편하게 하다 보면 자칫 관계가 이상해질 수도 있다는 생각에 마음이 편치 않아진 것이다.

  - 김 교수님, 내일 저녁에 가능하겠습니다.

  기연은 전처럼 '님' 자를 붙여 문자를 보내고 나자 기분이 편해졌다. 내일밖에 시간이 없는 건 사실이지만 일방적으로 일정을 잡는 데서 오는 묘한 즐거움까지 느껴졌다. 은근히 상대편 인사들의 일정이 안 맞기를 바라는 마음도 없지 않았다.
  김 교수는 곧바로 문자를 보내왔다. 한범덕 청주시장, 손석민 서원대 총장, 김동섭 SK하이닉스 사장, 고태관 변호사, 노원식 직지 연구자 대표가 참석할 예정이라고 했다. 김 교수는 거물들의 직함을 언급함으로써 청주에서 자신이 갖는 위상에 대해 모종의 과시를 하는 것 같았다.

  다음 날 청주시청 회의실에 도착한 기연은 김정진 교수로부터 참석자들에 대해 간략한 소개를 받았다.
  "한범덕 시장님은 직지를 청주의 심벌로 자리 잡게 하신 분입니다. 죽어도 직지, 살아도 직지인 분이죠. 그리고 손석민 총장님은 직지를 브랜딩하기 위해 서원대학교에 문화기술사업단을 만드셨어요. 서원대는 평양에서 직지학술대회도 열었죠. 김동섭 사장님은 청주에 SK하이닉스 반도체 공장이 있는 인연으로 한결같이 직지사업을 지원해오셨고요. 고태관 변호사는 김 기자도 잘 아시죠? 몇 년 전 서울시향 대표의 무죄를 극적으로 이끌어내신 한국 최고의 변호사시죠. 직지 연구자 대표를 맡고 계신 노원식 선생님은 직지 알리기 운동의 터줏대감이세요. 30년 세월 동안 열정을 쏟아 부어 오늘의 직지를 있게 하신 분이라 해도 과언이 아닙니다."

"반갑습니다. 김기연 기자입니다."

기연은 그 유명한 고태관 변호사를 아느냐는 김 교수의 말을 들은 척도 하지 않고 간단히 자신을 소개했다. 청주시장이나 서원대 총장, SK하이닉스 사장과 시민단체 대표에 대해서는 그럴 만하다고 생각했지만 실력 있는 유명 변호사가 합석했다는 사실은 기연으로선 선뜻 이해하기 힘들었다. 기연이 유독 변호사 명함에 눈길을 주는 걸 의식한 노원식 대표가 입을 열었다.

"이제 과학으로 실체적 사실이 밝혀진 만큼 법적 차원에서 대처해야 합니다. 일단 최초의 금속활자나 최고의 금속활자

또는 발명이라는 단어를 써가며 구텐베르크를 설명하는 독일의 모든 교과서를 조사해야 합니다. 이외에도 다양한 문제점을 찾아 국제소송을 해야 합니다."

기연은 노 대표의 말에 실소가 나왔지만 그는 강한 어조로 자신의 주장을 이어갔다.

"구텐베르크는 실체가 없는 사람입니다. 그가 찍었다는 책 어디에도 그의 이름 한 글자도 없습니다."

기연은 마인츠에서 열렸던 심포지엄을 떠올렸다. 왜 직지는 항상 이 차원에만 머무르는 것일까. 기연은 답답한 마음에 약간 화가 났지만, 그래도 예의를 지켜 차분히 설명했다.

"그건 책에 필경사의 이름을 넣지 않는 필사본의 관습을 따라간 것일 수도 있고, 자신이 원조라는 자신감 때문에 굳이 이름을 넣지 않겠다고 오기를 부린 걸 수도 있어요. 말하자면 내가 금속활자 인쇄의 창시자라는 건 이미 온 세상이 다 아는데 구태여 내 이름을 쓸 필요가 있나, 모방자나 아류들이나 알아달라고 이름을 넣는 거지 하는 마인드였다는 거죠."

"여하튼 직지가 세계에서 가장 오래된 금속활자본임에도 불구하고 온갖 영화를 구텐베르크가 혼자 누리고 있는 건 역사의 오류란 말입니다."

직지 알리기 대표의 강한 성토로 분위기가 다소 어색해지자 청주시장이 차관까지 지낸 정치인답게 만면에 웃음을 띠며 끼어들었다. 그는 그동안 다양한 직지 관련 사업을 해와서인지 방향을 올바로 잡고 있었다.

"사실 오늘 우리가 김 기자를 초청한 목적은 어떻게 직지의 의미를 창조적으로 살릴 것인가 하는 데 있습니다. 물론 직지가 가장 오래된 금속활자본이라는 사실도 중요하지만, 이제 그걸 넘어 직지의 진정한 의미를 찾을 때가 되었습니다. 노 대표의 뜨거운 열정은 이해하나 오늘은 김 기자 얘기를 들어봅시다."

기연은 자리에서 일어나 먼저 고태관 변호사를 향해 웃음을 지어 보였다. 직지는 그렇게 싸울 문제가 아니지 않느냐고 동의를 구하는 의미였다. 고 변호사는 금세 고개를 끄덕이며 이해를 보였으나 노원식 대표는 아직 할 말이 많이 남았다는 듯 기연의 미소를 외면했다.

"직지를 올바로 이해하고 그 의미를 확산시키기 위해 우리가 가장 먼저 해야 할 일은 구텐베르크의 업적을 깊이 이해하고 칭찬하는 것입니다."

기연의 이 말에 간신히 진정했던 노원식 대표는 물론이고 김정진 교수까지 크게 놀랐다. 각고의 노력 끝에 구텐베르크가 고려든 조선이든 한국으로부터 금속활자를 전해 받아 인쇄혁명을 일으켰다는 걸 알아냈는데, 그 사실을 홍보하고 확산시키는 데 집중해도 부족할 판에 구텐베르크를 칭찬하자니. 노 대표처럼 혀를 끌끌 찰 정도까지는 아니었지만 참석자 대부분은 궁금한 듯 고개를 갸우뚱했다.

"구텐베르크를 인정하고 나면 우리 직지의 진짜 가치가 보일 것입니다. 직지는 인간 지능의 승리입니다. 맹수에게 이빨과 발톱이 무기이듯 인간에게는 지식과 정보가 무기입니다. 그 지식과 정보를 가장 정확하고 깔끔하게 기록하고 전달하는 장치가 바로 금속활자입니다. 인류 역사상 최초로 이런 수단을 만들어낸 우리 민족이 정말 자랑스럽습니다. 또한 이 직지의 정신과 맞닿은 것이 바로 훈민정음입니다. 훈민정음은 이제껏 인류가 만들어낸 어떤 글자보다도 우수하다고 전 세계가 인정하고 있습니다.

언어학자들은 앞으로 지구상에 여섯 개의 언어만 남을 거라 예측합니다. 바로 영어와 중국어, 아랍어와 스페인어, 불어입니다. 이 언어들은 쓰는 사람이 워낙 많아 선정되었습니다. 그리고 또 하나가 한글인데, 쓰는 사람은 적지만 한글이 꼽히는 건 오로지 글의 우수함 때문입니다. 이처럼 직지와 한글은 우리 민족의 자랑이기 이전에 인간 지능의 금자탑입니다. 그러나 이보다 더 중요한 사실이 있습니다. 직지와 한글은 그 존재 자체가 소수의 독점으로부터 지식을 해방시켜온 인류가 손잡고 동행하자는 지식혁명입니다. 이기심에서 벗어나 이타심의 세계로 나아가자는 위대한 메시지가 그 안에 있는 것입니다.

저는 청주시민 여러분께 감사드립니다. 청주는 정치·경제적으로 그리 힘센 도시는 아닐 것입니다. 하지만 도시의 힘은 경제력에만 있지 않습니다. 청주의 흥덕사에서 직지를 찍었고, 초정약수터에서 세종대왕이, 복천암에서 신미대사가 한글을 마무리했으니 청주는 직지와 한글을 모두 키워낸 우리 겨레의 문화 인큐베이터입니다. 대한민국의 그 어느 도시보다 우리 민족의 문화예술에 이바지해왔다고 생각합니다. 하지만 그 위대함이 '세계 최고' 같은 프레임에 갇혀서는 안 됩니다. 직지와 한글에 담긴 인류의 위대한 지성, '나보다 약한 사람과의 동행'이라는 정신을 보아야 합니다. 저의 얘기는 이것으로 끝내겠습니다."

기연이 인사를 꾸뻑하고 밖으로 나가려 하자 김정진 교수는 크게 당황했다. 두 시간을 얘기해야 할 사람이 5분 만에 끝내다니. 기껏 초청했더니 이렇게 모욕을 주고 떠날 수 있는 건가. 이 거물들이 자신을 어떻게 보겠는가 싶어 당황한 김 교수는 급히 달려가 양팔을 벌리고 기연의 앞을 가로막았다. 하지만 김 교수를 제외한 다른 사람들은 오히려 일어나 기연을 향해 박수를 보냈다.

"제가 한마디 해도 될까요?"

김동섭 SK하이닉스 사장이었다.

"물론입니다."

김정진 교수는 비상구라도 찾은 듯 두 팔을 들어 환영하고는 기연을 자리에 앉혔다.

"우리 SK하이닉스는 청주에 공장이 있다는 이유만으로 직지를 지원하는 건 아닙니다. 여러분 직지란 무엇입니까? 직지를 한마디로 정의하자면 바로 반도체입니다. 직지나 반도체나 모두 그 시대 최고의 첨단기술이죠. 기능은 똑같습니다. 지식과 정보를 기록하고 저장하는 것입니다."

고태관 변호사가 고개를 크게 끄덕였다.

"아, 정말……."

"우리는 세계를 돌아다니며 최고의 거래를 성사시킬 때마다 우리가 잘했다 생각하지 않습니다. 삼성전자 어느 사장도 그런 말을 하더군요. 반도체 사업을 하는 사람들끼리는 마음속에 가지고 있는 육감 같은 게 있습니다. 반도체는 우리 회사의 사업이기 이전에 우리 국민의, 우리 민족의 사업으로

운명 지워졌다는 매우 특별한 느낌입니다. 예전에 《타임》지에 세계 100대 기술이 발표되었습니다. 미국이 60여 개, 일본이 20여 개, 유럽이 10여 개, 그러나 우리 한국은 하나도 없었습니다. 당시 우리나라에서 최대 매출을 올린 회사는 가발 회사였습니다. 하지만 어느 순간엔가 삼성전자가 세계 최고의 반도체 기술을 내놓으면서 우리나라는 처음으로 100대 기술 중 하나를 가지게 되었고, 지금은 일고여덟 개의 기술을 가지게 되었습니다.

저는 이것이 기술만이 아니라 직지의 저력과 한글의 정신이 결합해 발휘하는 보이지 않는 힘의 상승작용 덕분이라 생각합니다. 인류의 지식혁명을 이끈 직지, 한글, 반도체는 대한민국의 3대 걸작이자 정체성입니다."

시종일관 부드럽게 미소 띤 얼굴로 경청하던 서원대학교 손석민 총장이 나지막한 목소리로 입을 열자 모두의 시선이 그에게 모아졌다.

"직지와 한글 그리고 반도체가 대한민국의 3대 걸작이라는 말씀에 전적으로 공감합니다. 저는 특히 우리글이 있었기 때문에 우리 민족이 있다는 것을 늘 학생들에게 강조합니다. 우리 주변 여러 나라를 보십시오. 고유의 문자가 없는 나라는 말 자체를 잃어버린다는 것을 역사에서 흔히 보지 않았습니까. 청나라가 수백 년 동안 한족을 지배했지만 자신들의 문자를 버리고 한자를 쓰다 보니 지금 청나라 말도 민족도 사라진 게 아니겠습니까. 우리글이 없었다면 우리도 그런 운명을 피하지 못했을 것입니다. 세종대왕께서 훈민정음을 만들지 않았다면 우리 민족은 벌써 오래전에 중국의 한 지방으로 전락했을 것입니다.

몇 년 전 어느 철학자의 글을 신문에서 본 적이 있습니다. 그분은 한국에 방문교수로 온 한 네덜란드 학자의 예를 들었는데, 그 학자는 모국어가 있음에도 논문이나 저서를 영어로 쓴다 했습니다. 강한 언어에 둘러싸인 작은 나라의 운명이라 하더군요. 스위스의 예도 들었습니다. 스위스는 세계적으로 문화 수준이 높다는 나라이지만, 고유의 글과 말이 없기 때문에 독일 문화권이나 프랑스 문화권을 벗어나지 못한다 했습니다. 나는 우리 민족이 한글을 가졌기 때문에 지속적으로 인구를 늘릴 수 있었고, 우리의 말과 우리의 정체성도 지켜냈다고 생각합니다. 한글을 가졌다는 사실이 얼마나 자랑스럽고 위대한 일인지 우리 민족이 인식해야 합니다."

참석자 모두가 만족한 표정을 짓자 김정진 교수는 행사의 주관자로서 이제야 마음이 놓인다는 듯 고개를 끄덕이며 한마디 덧붙였다.

"직지가 세계 최고의 금속활자본이라는 사실에만 얽매여 있다가는 정말 중요한 걸 놓칠 수 있다는 김기연 기자님의 말씀이 우리 직지가 나아갈 길을 말해주는 것 같습니다. 또 한 가지, 김기연 기자님이 제안하신 게 있는데 우리가 적극 검토해보면 좋겠습니다."

김 교수가 기연을 바라보며 한쪽 눈을 찡긋했지만 기연은 못 본 체했다.

"제가 김기연 기자님을 지난 직지축제에 초청했을 때 기자님이 저에게 날리신 한마디가 있습니다. 고인쇄박물관이라는 명칭을 직지박물관으로 바꿔야 한다는 주장입니다. 우리들이 직지를 알리려고 그렇게 노력하면서 막상 박물관의 이름을 고인쇄박물관이라고 부르는 게 좀 우습다고 생각되지 않습니까?"

청주시장을 비롯한 참석자 모두 고개를 끄덕였고, 서로를 이해하는 분위기에 기분이 풀린 노원식 직지 연구자 대표는 기연에게 악수를 청하며 사과하는 투로 말을 건넸다. 사실 직지가 거의 알려지지 않았던 시절부터 직지 알리기에 노심초사하다 보니, 그로서는 구텐베르크가 너무 쉽게 영광을 독차지한 데 대한 억울함을 완전히 털어버릴 수 없었던 것이다.

"김 기자님이 참 좋은 말을 했어요. 우리도 직지가 세계 최고라는 것만 주장하다 보니 막상 그 내용이 무엇인지에는 관심도 없었어요. 직지심체요절에는 정말 귀담아들을 말이 많은데……, 직지는 마음 수양법입니다. 한마디로 마음을 바로 보면 그곳에 길이 있다는 것이죠. 보고 싶은 것만 보고, 듣고 싶은 것만 듣는 요즘 세상에 귀감이 되는 말도 많이 담겨 있지요."

노원식 대표의 말에 기연은 흔쾌히 그의 손을 잡았다.

빠듯한 일정이었지만 청주에 내려오길 잘했다 생각하며 기연은 피곤한 몸을 서울행 고속버스 좌석에 깊이 파묻었다. 막 잠이 들 무렵 드르륵 하는 진동음이 울리자 받을까 말까 주저하던 기연은 결국 휴대폰을 꺼내고 말았다. 김정진 교수로부터 온 메시지였다.

— 직지를 떠나 사람 대 사람으로서 한번 만나고 싶습니다. 남자 대 여자라 하는 게 더 정확할까요. 예스라고 답장만 주시면 이번 주말에 바로 올라가겠습니다.

기연은 약간 망설였으나 아비뇽에서 아예 호텔을 따로 잡자던 일을 생각해내고는 단호하게 'No'라고 답을 보냈다.

드르륵─

잠시 후 도착한 건 메일이었다. 기연은 메일을 열지 말지 잠시 망설였다. 메시지를 보내다 메일로 전환했다면 뭔가 사연이 길 터였다. 잠시 주저하던 끝에 열어본 메일의 발신자는 뜻밖에도 펨블턴이었다. 메일에는 독일 언론의 기사 하나가 첨부되어 있었다.

엘트빌레에서 괴이한 사망사건 발생

지난밤 마인츠 인근의 작은 마을인 엘트빌레의 숲속에서 잔혹한 모습의 시신이 발견되어 독일 사회가 큰 충격에 빠졌다.

반듯이 누운 시신은 귀가 잘려 있었고, 심장에는 짧은 손잡이가 달린 창이 깊숙이 꽂혀 있었다. 수사당국은 사망자의 신원이 프랑스 스트라스부르대학 교수인 요하네스 폰 피셔이며, 유서는 발견되지 않았지만 자살에 무게를 두고 조사 중이라고 밝혔다. 사망의 직접적인 원인은 창에 의한 심장 관통으로 보이지만, 죽음에 이르기 전에 이미 상당 기간 고행을 한 것으로 보인다고 담당 수사관은 말했다.

시신은 사제복 차림이었으며, 안쪽에 뾰족한 가시들이 박힌 철제 조끼를 입어 등과 가슴이 상처와 핏자국으로 덮여 있었다. 창으로 자신을 찌른 자살의 방식이나 시신이 걸치고 있는 사제복과 고행조끼 등으로 보아 사망자가 퇴마의 식으로 스스로를 희생시켰을 가능성이 크다고 한다.

기연은 차창을 스치는 풍경에 무심한 눈길을 둔 채 처음 사건현장에 도착했을 때부터 지금 이 순간에 이르기까지 자신이 마주했던 장면들을 하나하나 돌아보았다. 교황청 수장고에서 나온 카레나라는 이름에서 시작된 현실과 역사의 기나긴 추적. 짐작조차 하기 어려운 반전의 연속이었지만 결국 살인범에게 죄를 물을 수 있었던 건 행운이었다.

1400년대 조선에 세종대왕이라는 위대한 영혼을 가진 분이 있었던 것과 유럽에 그걸 받아들인 쿠자누스라는 열린 지성이 있었던 것은 인류 역사에 큰 축복이었다는 깨달음이 마음 깊은 곳으로부터 생겨났다. 기연은 한편으로 인류의 역사를 바꾼 위대한 스타가 되었으나 말년까지 빚에 시달리다 생을 마친 불우한 구텐베르크의 명복을 빌었다.

무엇보다도 기연은 굴곡진 자신의 운명을 극복하고 온몸을 불살라 지식혁명의 도화선이 되었던 카레나의 열정과 침잠에 가슴이 아려왔다. 그녀는 언제까지나 자신의 마음 깊은 곳에 살아 있을 것이다.

　기연은 세낭크 수도원의 보랏빛 라벤더 정원에서 만났던 카레나를 그리며, 그녀의 삶을 관통했던 한마디를 가만히 입 밖에 내보았다.

　"템푸스 푸지트, 아모르 마네트(Tempus Fugit, Amor Manet). 세월은 흘러도 사랑은 남는다."

(끝)

직지 아모르 마네트 2

2019년 8월 1일 초판 1쇄 | 2024년 7월 31일 82쇄 발행

지은이 김진명
펴낸이 이원주, 최세현   **경영고문** 박시형

기획개발실 강소라, 김유경, 강동욱, 박인애, 류지혜, 이채은, 조아라, 최연서, 고정용, 박현조
마케팅실 양봉호, 권금숙, 양근모, 이도경   **온라인홍보팀** 신하은, 현나래, 최혜빈
디자인실 진미나, 정은예   **디지털콘텐츠팀** 최은정   **해외기획팀** 우정민, 배혜림
경영지원실 홍성택, 강신우, 김현우, 이윤재   **제작팀** 이진영
펴낸곳 (주)쌤앤파커스   **출판신고** 2006년 9월 25일 제406-2006-000210호
주소 서울시 마포구 월드컵북로 396 누리꿈스퀘어 비즈니스타워 18층
전화 02-6712-9800   **팩스** 02-6712-9810   **이메일** info@smpk.kr

ⓒ 김진명(저작권자와 맺은 특약에 따라 검인을 생략합니다)
ISBN 978-89-6570-833-9(04810)
ISBN 978-89-6570-834-6(세트)

쌤앤파커스(Sam&Parkers)는 독자 여러분의 책에 관한 아이디어와 원고 투고를 설레
는 마음으로 기다리고 있습니다. 책으로 엮기를 원하는 아이디어가 있으신 분은 이메일
book@smpk.kr로 간단한 개요와 취지, 연락처 등을 보내주세요. 머뭇거리지 말고 문을
두드리세요. 길이 열립니다.